離婚しようと記憶喪失のふりをしたら、怜悧な旦那様が激甘に愛してきます

m a r m a l a d e b u n k o

宇佐木

マーマレード文庫

目次

離婚しようと記憶喪失のふりをしたら、怜悧な旦那様が激甘に愛してきます

離婚しようと記憶喪失のふりをしたら、怜悧な旦那様が激甘に愛してきます

1. 結婚の誘い

確かにあの日、私はなぜか気が急《せ》いていた。

なぜ……？　ううん。なぜって、そんなの決まっている。

二十五歳を過ぎた頃から、耳にタコができるほど言われ続けてきた『そろそろ結婚について真剣に考えないの？』の文句。それを、あの日の電話でもうんざりするほど聞かされて……。

だから、冷静さを欠いた。そうとしかいえない。

だって、まさか見知らぬ男性だったにもかかわらず、その場で彼の提案を受け入れてしまうなんて、今だったら考えられないもの。

『僕と期間限定婚をしましょう』──なんていう、怪しげな誘いになんか。

＊＊＊

たとえ数センチのヒールとはいえ、労働後の帰り道となると足も疲れてくる。

通勤時はスニーカーにすればいいのかもしれないけれど、出勤の前にお気に入りの靴を履《は》くと気分が上がるから。

今日も激務で心身ともにクタクタ。新生活シーズンだから、人の動きも活発だ。

私、椿紗綾《つばきさや》は、大手航空会社の子会社に籍を置くグランドスタッフ。現在、都内にある巨大空港の国内線を担当している。

二年制の専門学校を卒業し、現在の会社に入社して今年で七年目。さすがにもう『新人』ではないものの、常にお客様と関わる仕事だから気を抜けない。

今日は大きなトラブルはなかったものの、客数の多さに目が回った。

「はあ……」

一刻も早くベッドにダイブしたい気持ちだけれど、目の前のコンビニエンスストアに足を向ける。店内に入り、すぐ横の書籍コーナーへ迷わず向かった。

愛読しているファッション誌を二種類見つけ、手に取るなりレジへ行く。

お会計をしている間、ふと目に飛び込んだ商品も追加する。その名も『期間限定さくら風味のホイップたっぷりロールケーキ』。たっぷりのホイップクリームにはアクセントの小豆。それを、ふわっとしているのがパッケージ越しでもわかる薄ピンク色の生地で巻いたスイーツだ。

今日は無礼講《ぶれいこう》。お給料も出たばかりだし、仕事も頑張ったしね！

支払いを終えた私は、エコバッグに購入品を入れてお店をあとにした。

駅から自宅マンションは徒歩十分かからない。コンビニエンスストアがほぼ中間地点だから、あっという間に自宅に着いた。

ポストの中に溜まっていたものを無造作に手に取り、オートロックを解錠すると、八階建てマンションの五階までエレベーターで上った。

「ふわ～。ただいま……疲れたあ」

誰もいない部屋でひとり声をあげ、ラグの上に膝《ひざ》から座り込んだ。

明日も仕事。遅番だから朝はゆっくりできるけど、ここでグタグタしちゃったらだめだ。勢いつけて動かないと。

そうして再び立ち上がり、シャワーを浴びる。その後、冷蔵庫にあった野菜と冷凍うどんで、簡単な和風あんかけうどんを作った。

「ふう……あつっ。でも、美味《おい》しい～」

夢中で食べ進め、うどんを完食したあとはお待ちかねのデザートタイム。そんな私の至福の時が終わる頃には、日付が変わっていた。

片づけを終えたあとは、食べてすぐ寝るのは身体によくないし、とベッドに腰を下ろしてテレビをつける。しかし、テレビを観るわけでもなく、おもむろに郵便物の山に手を伸ばした。

ダイレクトメールにフリーペーパー、近所にオープンしたらしいお店のチラシ。その中に、上質な紙の封筒が挟まっているのに気づいてギクリとした。

エンボス加工されている洒落た封筒。恐る恐るそれを摘まみ、裏面を返す。開封しなくてもわかる。結婚披露《ひろう》パーティーの招待状だ。

「えー……愛李《あいり》も、とうとう……？」

心の中の声が無意識に口からこぼれ落ちていた。

彼女は、高校時代に特に仲の良かった六人グループのうちのひとり。

私たちは卒業してからも、定期的に集まって出かけたり食事したりしている。

愛李に彼氏がいることは知っていた。結婚する可能性もわかっていた。だけど、愛李はいつも私たちに彼氏の話をあまりしていなかったし。それに、結婚願望もそれほど強くはないって昔言っていたから。

待って。考えたら、そんな話をしていたのは学生の頃のことだったかもしれない。

今、私たちは二十七歳。歳を重ね、環境も変わっていけば、考え方だって変化して当然だ。私がいつまでもあの頃のまま、時の流れに抵抗しているだけで……。

グループ内では、独身だったのは私と愛李だけ。その彼女がめでたく結婚というなら、これで独身は私ひとりに……。

封筒を両手で持ったまま、がっくりとうなだれた。

私が嘆いているのは、〝最後のひとり〟になったからではない。

このことを母たちが知れば……これまで以上に『結婚結婚』と口うるさくなるのが目に見えているからだ。

愛李のお母さんとうちの母は、連絡を取り合う仲だし……。下手すれば、すでに情報は回っているかも。

もう何度目かの大きなため息を吐き、ベッドに寝転んだ。

私の実家は呉服屋。創業百年を越える老舗《しにせ》店で、利用してくださるお客様からは、厚い信頼を寄せられているのが私にもわかるほど。

由緒《ゆいしょ》正しい家業で、それはとても素晴らしいものだと思っている。ただ、私の居場所はそこだと初めから決められた雰囲気が、どうも苦手だった。

家業よりも、好きなものや興味のあることに全力で打ち込みたかった。呉服屋が嫌いなわけではなく、単に別の世界に憧《あこが》れを抱いただけ。

いうなれば、今の私にとって、なによりも仕事が一番で結婚は二の次なのだ。

けれど両親と、同居している祖母の思い描く〝女性の幸せ〟が古風すぎるうえ、少々押しつけがましい部分があるから……。

特に母は、いわゆる結婚をして家庭に入って夫を支えて、育児をして……という昔ながらの理想の家庭像が一番の幸せだと信じて疑わない。

もちろん、そういった考えを持つ人を否定する気はさらさらない。私にとって、幸せはそういうことではない気がするというだけ。

二十七歳になった今もなお、私は自分ひとりで立つのが精いっぱい。でもそのぶん充実していて、結果として恋愛から遠のいている状態が継続中。

そんな中、私が『時代が変わったんだよ』と説明してみても母たちは自分たちの経験を基準に語るから、どうやったって平行線。しかも、根っこは〝私のため〟を思っての助言だとわかっているから、あまりきつくも言い返せない。

私がひとり娘だから、余計『結婚』に執着するのかな。

もうすっかり見慣れた天井を見つめていると、これまでのことが頭を過《よぎ》る。

高校二年生の進路相談のときに、本格的に空港のスタッフを目指すと決めた。

子どもの頃、旅行で初めて空港を利用した日、わくわくしたのを覚えている。同時に私の目には、ＣＡやグランドスタッフの女性たちがひと際輝いて映っていた。

洗練された制服姿に、美しい笑顔。丁寧な所作《しょさ》や言葉遣《づか》いで接客する様《さま》。ひとことで言うと彼女たちの華やかさに憧れた。

進路を考えるタイミングで、憧れがいつしか自分の夢となっていると気づいた私は、両親に頭を下げて専門学校に進学したいと懇願《こんがん》した。何度も話し合いを経《へ》て、ついに両親が折れてくれたのだ。

本当は先を見据えて、着物に関する内容を学べる専門学校に行ってほしかったに違いない。だって、ほかに後を継ぐ人がいないだろうから。

そこまで回想し、手をグッと握りしめて勢いよく上体を起こした。

実家の店が古臭くて嫌だとか、着物が嫌いとかいう気持ちではなくて、それよりもやりたいものがあっただけ。どちらかが間違っていたという話じゃない。

「ふー」と長い息を吐いて、気持ちを落ちつかせた。そして、再び愛李からの招待状に目をやる。

この仕事への道を許してくれた両親へは、できるならほかのことで喜んでもらいたい気持ちはある。そうかといって、結婚は……。

「もう寝よう。片づけ、片づけ」

考えるのを止めて寝る支度を始める。結局、食べてすぐ就寝する羽目になった。

翌日は朝十時近くまで寝ていた。

私の勤務先は変形労働時間制。今日は終わりが一番遅い時間のシフトで、午後三時十五分から仕事スタートだ。だから朝はゆっくりして、ちょっと早めに昼食を済ませる。そのときに、軽食も作ってお弁当を用意するのがルーティン。

「よし。準備は大体ＯＫ。そろそろ出ようかな」

ひとり暮らしが長くなってくると、ひとりごとも多くなるのだなと最近しみじみ感じている。就職と同時に社員寮に入り、三年経ってからこのマンションに越してきた。つまり実家を出て、かれこれ七年目。その間、ずっとひとり暮らしというわけだ。

身なりを整え、玄関に足を向けた瞬間、スマートフォンが鳴り出した。

私はその着信に、なんだか嫌な予感を抱く。バッグの中からスマートフォンを取り出せば、予感的中。着信の相手は母だった。

「もしもし」

『あら。だめ元でかけたけど出れたのね。紗綾、今日はお休みなの？』

「仕事だよ。今まさに出ようとしてるところ。だからゆっくり話はできないよ」

『そう。仕方ないわね。わかったわ。じゃ、休憩《きゅうけい》中に折り返し電話してね』

「えーっ!?」

咄嗟《とっさ》に本音が漏れ出たところで、母は特段動じず『行ってらっしゃい』と言って通話を切った。

今日のアサインメントは、まずチェックインカウンター業務。

お客様のご案内やお手伝いをして、そのあとは金庫のチェック。チェックインカウンターでは金銭のやりとりも発生するため、金庫番も業務に含まれる。

一円でも誤差が出るとレポート提出をしなければならないため、常に緊張感を持って受け渡しを行う。

私はそれなりの勤続年数で中堅の立場だ。金庫番の担当になる機会も多い。

今日も新人のフォローをしつつ、つつがなく業務をこなしていた。

約三時間経ったところに、引き継ぎのスタッフ、上河留美《かみかわるみ》がバックヤードにやってきた。

彼女は私と同い年の同期だ。平均身長より数センチ低めの私と比べ、百七十センチあるすらりとしたスタイルで、同性の私から見ても素敵な女性。だけど、性格はとてもさっぱりとしていて気持ちがいい。

私は留美と挨拶《あいさつ》を交わし、一緒に残金のチェックを進めた。

「誤差ゼロです。引き継ぎよろしくお願いします」

「はい。ありがとうございます」

一連の決まり文句を言い終えたあと、留美が小声で話しかけてくる。

「これから休憩だよね？　社食に行く？」

「ううん。今日はちょっと」

母との電話を思い出し、仕事中にもかかわらず憂鬱《ゆうう》になった。

私たちは手を動かしながら、周囲に気づかれないくらいの声で会話を続ける。

「そっかあ」

「なにかあった？」

「私、今社食から戻ったんだけど、近くに座った若いスタッフの子たちが面白い話をしてて。続き、聞きたかったなあって」

「え、嫌だよ。盗み聞きとか」

「違う違う。自然と耳に入ってきただけよ」

留美は涼しい顔で屁理屈を言い、私に肩を寄せてくる。そして、耳打ちしてきた。

「ＮＷＣ本社に、とびきりイケメンの後継者が来たとかなんとか」

『NWCホールディングス』――私たちが所属する『XZALグループ』の競合他社にあたる大手航空会社だ。

ちなみに私たちは、XZALグループ子会社の『XZALグラウンド』に籍を置いている。XZALグラウンドとは、ここの国際空港及び千葉の国際空港において、運営を行う企業なのだ。

「そんなの、私たちに全然関係のない話じゃない」

「まったく関係なくもないでしょ？　ここのターミナルにだって頻繁《ひんぱん》に足を運ぶらしいから、ちょっとした楽しみになるかなって」

「業務に追われてそれどころじゃないよ。大体、空港内は人が多すぎだし」

そこで留美が後輩スタッフに呼ばれた。私たちは即座に仕事モードに切り替える。

「では上河さん、お願いします。休憩に入ります」

「はい」

そうしてその場をあとにし、腕時計を確認した。

現在午後六時過ぎ。今から一時間の休憩だ。

私はまず、スマートフォンで四十五分後にアラームをセットする。持ち場に戻る時間を考えて、いつも早めに設定しているのだ。

それから足早に休憩室に戻り、上着を羽織ると、スマートフォンとお弁当を持ってまた移動する。

向かう先は展望デッキ。

まだ少し風が冷たい日もあるけれど……電話をするなら休憩室よりも展望デッキのほうが周りを気にしなくていい。

展望デッキに到着し、ドアをくぐり外気に触れると、肌寒さに自然と首を窄《すぼ》めてしまった。しかし、視界を広げていけば、遠くに橙《だいだい》色に輝いた太陽が沈みかけ、東京湾越しに滑走路や機体を照らす景色が目に飛び込んでくる。

今の時期のこの時間は、ちょうど日の入りの時間帯と重なって、すごく綺麗《きれい》。

何度見ても、飽《あ》きずに見惚《みと》れてしまう。そして、この黄昏《たそがれ》時の景観を見たあとは、決まって元気をもらえる。

本当はこの気持ちのまま、仕事に戻れたらいいんだけど……。

重苦しい息をひとつ吐いたら、着陸する航空機の音にかき消された。

「よし」

気乗りしないことこそ、先に終わらせたい。

私は建物側の隅に移動する。スマートフォンを操作し、着信履歴から【お母さん】

をタップした。

スマートフォンを耳に添え、呼び出し音を聞く。このまま着信に気づかないでくれることを、ほんのわずかに期待しながら。

『もしもし、紗綾？』

直後、母の声がして、無意識に姿勢を正し「うん」と返した。

『電話、思ったより早くて驚いたわ。今日は何時まで仕事なの？』

「今日は零時かな」

『零時って。身体は大丈夫？　本当、大変な仕事ねえ。七年も働いていたら、そろそろつらいんじゃない？』

「確かにきつい部分はあるけど、大丈夫。まだまだ続けてる先輩もいるし」

ここまでの会話も、今に始まったことではない。

激務の職種のため心配をかけていて、そのせいで同じセリフを繰り返される。それだけだ。

だけど、母の言うこともその通りで、体力勝負でもあるこの仕事を自分はいつまで続けられるのだろうかと、不安に思うときもある。

『そうなの？　でも、年々身体に堪《こた》えるのは間違いないでしょう？　それに結婚や出産も考えたら……ねえ？　あっ。そうそう！　愛李ちゃん！　結婚が決まったって聞いたわよ。もういいお年頃だものね』

心の中で『やっぱり』とつぶやき、このあと言われるであろう言葉を予測する。

愛李のことを引き合いに出して、決まり文句が飛んでくるはず。

『で、紗綾は？　そろそろ結婚について真剣に考えないの？』

「いつも話してるでしょう？　私、別にまったくなにも考えていないわけじゃないのよ。ただ今は」

『〝仕事が楽しくて〟でしょ？　それはとてもいいことだけれど、子どもを産むのはどうやったって女性しかできないことだし、年齢を重ねて身体がつらくなっていくのは紗綾なのよ？』

正直に言って、相手もいないのに子どもだなんて、リアルに考えられない。だけど、毎回母の言うことは一理あるものだから、強く否定もできずに黙り込む。

すると、母が歯切れ悪く言う。

『ほら、ね。私はともかく、お祖母《ばあ》ちゃんが楽しみにしているじゃない。元気なうちに紗綾の晴れ姿を見たいって。ひ孫にも会えるかなって……たまに言うのよ』

続けて言われたことは、さすがにインパクトがあった。

結婚は当人たちのためのもの。当事者以外のためにするものじゃない。だけど、百パーセントそうだって突っぱねられない、複雑な感情が胸の奥に燻《くすぶ》っている。

私が意固地《いこじ》になっているだけなのかもしれない。仕事を体《てい》のいい言いわけにして、結婚の道を端《はな》から閉ざし、逃げているだけ……かも。

仕事と家庭を両立している女性はそれこそ世の中にたくさんいるのだから、私も柔軟になれば済む話なんじゃ……。いや。だけど——。

グッと唇を噛《か》みしめ、スマートフォンを握りしめる。

「お母さん、ごめん。もう仕事に戻らなきゃだから。じゃあね」

『えっ？　ちょっ、紗……』

本当は、休憩時間はまだ残っている。にもかかわらず、思わず出まかせを言って切ってしまった。

なにが最善か、よくわからなくなってしまった。

家業にまったく関係のない今の職種に就《つ》かせてくれたのだから、そのくらいの親孝行はするべきなのだろうか。お祖母ちゃんも、私が小さい頃から面倒を見てくれた。でも、家族を喜ばせるために結婚をするの？　本当に？

ああ。こんなぐちゃぐちゃな感情を整理しない状態で、仕事になんて戻れない。

誰か。誰でもいい。話を聞いて。

そのとき、タイミングがいいのか悪いのか、愛李からメッセージが来た。

【紗綾、元気？　パーティーの招待状届いたかな？　直接報告できなくてごめんね。なんか準備とか、いろいろと本当に忙しすぎて】

愛李に対して、恨めしい気持ちや妬《ねた》ましい気持ちは皆無だ。

私は大きく息を吸って、ゆっくり吐き出してから返信を送る。

【届いたよ。おめでとう。結婚式の準備って忙しいって聞くし、気にしないで】

【今、ちょっとだけ電話してもいい？】

すぐさま来た返信に、一瞬戸惑《とまど》った。

きっと、メッセージだけでなく直接話して報告してくれようとしているのだ。

そう解釈して【少しなら大丈夫】と返事をした。すると、ほどなく愛李から着信が来る。

「もしもし、愛李？」

『紗綾、久しぶり～。ごめんね、急に』

口調はいつもの愛李だけれど、若干元気がないようにも思えて引っかかった。

私はとりあえず、当《あ》たり障《さわ》りのない返しをする。

「ううん。招待状ありがとう。休み取って必ず行くね」

『ありがとう。堅苦しい式じゃなく、友人だけの披露パーティーだから気軽に来てね。結婚式は親戚だけにして、彼の実家の九州《きゅうしゅう》でやる予定なの』

「そうなんだ」

『だけど驚いたでしょ？　私、結婚する予定だとか言ってなかったし』

「まあでも、彼氏と長らく続いてたのは知ってるから。そこまで驚かなかったよ」

私は目の前の壁面緑化に指を触れつつ、愛李の言葉を待つ。

すると、愛李はやや畏《かしこ》まった様子で切り出してきた。

『突然電話したのはさ？　いくつか理由はあるんだけど』

愛李の言う、いくつかの理由を考えながら、「うん」と相槌《あいづち》を打つ。

『紗綾が……ほら。紗綾ママからのいつものやつ……大丈夫だったかなーとか』

「え！」

ふいにタイムリーな話題を振られてかなり動揺した。

「大丈夫……じゃ、ない」

私はその場で視線を泳がせ、ぽつりと返す。

『やっぱり！　『結婚は？』の猛攻撃だったよね……？　ごめんね。うちのお母さんがペラペラ喋《しゃべ》っちゃって』

「ううん。ただ、親やお祖母ちゃんが元気なうちに、ってさっきも言われちゃって」

あのひとことは地味に効いてる。じわじわボディーブローみたいに今も胸を抉《えぐ》られている感覚がするもの。

そのせいだ。結婚が決まって順風満帆《じゅんぷうまんぱん》な愛李相手に、こんな話をこぼすなんて。

いつもなら冷静になって、こんなミスしなかったはず。

そう気づくも、もう遅い。それに、私自身も自分で思う以上に引き摺っているみたいだった。

『ちょっと、それはすごいプレッシャーじゃない……。本当にごめん』

「ううん。そもそも愛李が謝ることじゃないでしょ」

もちろん、本心だ。愛李が悪いことなんてひとつもない。

『そう、かもだけど……。あのね。実は私、妊娠してるの』

愛李の口から衝撃的な事実が語られ、身体も思考も固まった。

『人によっては〝だらしない〟って怒られることかもしれないけど、私たちの場合、長く付き合っていたぶん、結婚のきっかけがなかったから、この子が前に進ませてくれたと思ってて。私たちのところに来てくれたことが、心からうれしいんだ』

愛李の心のこもった声を聞き、彼女が本当に幸せなのだと感じた。

『ただ、つわりの症状が強くて。最近ようやく動けるようになってきたところなの』

「えっ。そうだったの？　大丈夫？」

『うん。かなりよくなってきた。心配してくれてありがとう』

愛李の体調がひとまず大丈夫とわかり、ほっとしたと同時に、母の普段よりも強めの言動の理由が腑《ふ》に落ちた。

愛李が結婚だけじゃなく、子どもまで授《さず》かったから、あんなに必死に私を説得するような言い方を……。

なんの変哲もない地面の上に立っているはずなのに、ぬかるみにはまって動けない錯覚に陥《おちい》る。

私は自分のつま先を見つめ、間を置いたあと、口を開いた。

「もういっそ、誰かと一度結婚すればおとなしくなるかなあ……。一年くらいでいいから、ルームシェアみたいな感じで共同生活送って、離婚するとか。ああ。でも、そんな条件をそうそう理解してくれる相手を見つけるまでが大変だよね」

『え……紗綾？　冗談だよね……？』

電話口で愛李が動揺しているとわかっていても、悲観が止まらない。

「もうあれかな。マッチングアプリとかどうかな。ほら、恋人じゃなくて友達探せたりするんでしょ？」

『えっと、私に聞かれても……。今どきって。案外同じ境遇の人、見つかったりして』

「そっか。じゃあ、もう切るね。そもそも、そういうアプリ内での友達のカテゴリに異性は入るのかどうか……あっ、ごめん。彼から着信だ』

『うん。紗綾も！　なにかあったら遠慮なく連絡してね」

「ありがとう。また連絡するよ」

私は明るい声を出し、そのまま通話を終えた。口角を上げたまま、その場でぽつりとつぶやく。

「冗談かあ……」

自分でも驚いているけれど、さっき言ったことはまるきり冗談というわけでもなかった。そのくらい、とにかく現状から逃避《とうひ》したくなっている。

手にしていたスマートフォンに目を落とし、なんとなく【マッチングアプリ】と検索をかけながら、ぼんやり〝冗談〟の続きを考える。

私と同じような理由で困っていて、一年くらい共同生活をしてくれる信用できる人……なんて、そうそういるわけないよね。本当だいぶ追い込まれてるのかも、私。

本気でダウンロードするつもりはなかった。だけど、無意識に指を動かしていたみたい。【入手】の文字に触れる直前、ふいに手を掴《つか》まれた。

誰かもわからない大きな手に、心底驚いて顔を上げる。目が合った相手は、私より少し年上らしき男性だった。

「あ、あの……」

私がひとこと漏らすと、彼は「失礼」と言って手を離した。

上背《うわぜい》のある彼を見上げ、どんな反応をすべきか迷う。さりげなく視線を下げて、頭をフル回転させた。

もしも、接客したことのあるお客様だったなら、覚えていない態度はまずいかも。

改めて真正面に立つ彼を見る。

清潔《せいけつ》で爽やかな印象の髪型、綺麗な肌にスッと通った鼻筋、理知的な瞳。ほどよい厚みの唇、スーツの上からでもわかる引き締まった身体つき——。

彼は近くのベンチに視線を向けて言う。

「失礼。そこで休んでいたら、信じがたい会話が聞こえてきたもので」

『信じがたい会話』と指摘され、たちまち恥ずかしくなった。

彼からパッと目を逸《そ》らし、深々と頭を下げる。

「あ……。こんな場所で大きな声で電話をして……お休み中、不快な思いをさせてしまい、大変申し訳ございません」

咄嗟に謝罪の言葉を発し、頭を下げた。そこから姿勢をぎこちなく戻していき、恐る恐る顔を上げると再び目が合った。

彼は無表情で気持ちが読めない。いっそ勢いよく叱責《しっせき》されたほうが、こちらの出方も決められて、やりやすいとさえ思ってしまった。

数秒がとてつもなく長く感じられる。

すると、彼がおもむろに私のスマートフォンを指さした。

「約一年の結婚相手を探してるんですよね？　それ、僕が立候補しても？」

信じられない言葉に、一瞬自分の立場もなにも忘れ、茫然《ぼうぜん》とする。

大きく目を見開いて、彼を見つめた。

「はい……？」

そう聞き返すので精いっぱい。

私の聞き間違いじゃなければ、『約一年の結婚相手』と言った。それに『立候補』してもいいかって？　ううん。やっぱり私の耳がおかしいか、単なるジョーク……。

「僕のほうは、すぐにでも大丈夫ですよ」

悪質な冗談か、もしくはからかわれているかのどちらかだと思ったが、彼の顔は至って真剣だった。

たじろぐ私は、突風が吹いたわけでも彼に触れられたわけでもないのに、身体が後ろに倒れそうな錯覚を覚えた。それほど、大きな衝撃を受けたのだ。

「えっ……と、もう一度、先ほどおっしゃったことを確認したいのですが」

「はい。僕と期間限定婚をしましょう——と、言いました」

平然とおかしなことを言う。

彼が堂々としすぎているあまり、自分の感覚がおかしいのかなと思わされる。

いや。冷静になって。突拍子もないことを口走ったのは私で間違いはないけれど、あくまであれは現実逃避しながらの発言。そのくらい、この人だってわかるはず。

「あの。失礼を承知で申し上げますが……本気でおっしゃって……ます？」

探るように、途切れ途切れに質問をする。

彼は眉《まゆ》ひとつ動かさなかった。動揺も見せなければ笑顔も見せぬまま、一度首を縦に振る。

「もちろん。実は先ほどの一本前の電話から僕はそこにいて聞いていました」

一本前といえば、母との通話だ。

初めから内情が筒抜けだったと知り、周囲を気にする余裕のなかった自分を殴ってやりたくなる。

「そ、それは重ね重ね……お聞き苦しいところを」

「いや。僕と境遇が似ていると思って、つい動向を窺《うかが》ってしまって。こちらこそ申し訳ない」

「……似ている？」

再び下げかけた頭を止めて、そろりと彼を見た。

彼は腕を組み、やや渋い顔つきを覗《のぞ》かせた。

これまでずっと同じだった表情に、初めて変化が見られた瞬間だった。

「僕も親から急かされているので。特に父からの当たりが強いんです。以前、どうにかならないかと思って、試しに『好きな女性がいる』と言ってみたのですが、『だったらすぐ連れてきてみろ』と即答されて困ってしまって」

彼は滑走路の方向を眺めながら、淡々と続ける。

「なんというか、親子仲が険悪なわけではないのですが、社会的信用を得るには必須事項だとかなんとか、いろんな理由を並べてきて……少々頭の固い父なんです」

「わかります！」

思わず前のめりになって答えていた。

「私も！　こういったものの正解は人それぞれでしょうし、親世代の意見を真っ向から否定する気はないのですが、言う通りにするのもなんだか違うな、と。ただ毎回がっかりさせる事実に年々心苦しくもなって……」

私が熱弁を振るうと、彼は真剣な目で受け止めて、何度も頷いてくれた。

「こう……頻繁にけしかけられると逃れたくなってしまいますよね。でも、罪悪感も残ってすっきりできない」

感情的になってしまって、わずかに声が震えた。

積年《せきねん》の思いがこんなにも胸の内に溜まっていたのだと、今知った。

一気に思いを吐き出し、ほんの少し毒が抜けた実感を抱いていると、彼が怜悧《れいり》な目とは裏腹に柔らかな声音で誘い文句を口にする。

「どうですか？　先ほどの話、僕は冗談ではなく本気ですが」

答えを迫られ、あろうことか私は押し黙った。

普通なら、『無理です』と即答する場面だろう。いくら私のぼやきが発端《ほったん》とはいえ、現実的ではないとわかったうえでのひとりごとでもあったのだから。

それなのに今、こんなに気持ちが揺らいでいる。初めて同じ境遇に立つ人と言葉を交わしているせい……？

決断できずに膠着《こうちゃく》状態でいたら、彼はこちらをまっすぐ見据えて聞いてくる。

「まだお時間ありますか？　休憩中なのでしょう？」

腕時計を見る。休憩時間は残り三十分ほど。持ち場に戻る時間を考えたら、あと十五分くらい。

「え、ええ。あと十五分程度というところです」

上着で制服が見えない状態の私でも休憩中とわかったのは、このきっちり纏めた髪型で航空会社関係者と気づいたからかな。あ、違う。それだけじゃなくて、さっきまでの通話の内容を聞いていたからだ。

「そうですか。じゃあ急ぎましょう」

「えっ？」

今度は手首を掴まれ、たじろいだ。

急ぐってどこへ？　なにを？

いきなり手を引かれて動揺する私を振り返り、彼は真剣に返す。

「結婚に向けての第一歩です」

第一歩って……。もうさっきからずっと、思考と感情が追いつかない。

それでも、強引な彼になぜか恐怖感を抱かないのは、さっき説明してくれた〝似た境遇〟が嘘《うそ》とは思えなかったからかもしれない。

長らく多くの人と関わり合う仕事をしてきた。それゆえ、直感的に怖い人とそうではない人の雰囲気を多少感じ取れる気がしている。

彼は手を引いて、下りのエスカレーターに足を乗せた。もちろん、手を取られている私も続く。

次の瞬間、後ろに続いてエスカレーターに乗ろうとした年配の女性に気づいた。それとほぼ同時に、女性が足元のバランスを崩した。

咄嗟のことに声も出ず、女性へ手を伸ばす。すると、私よりも先に女性の身体に触れたのは彼だった。

エスカレーターのステップを二段跨ぎで上り、女性を大きな荷物ごと支えたのは見事で、安堵《あんど》とともに感嘆の息が漏れ出る。

彼は女性にやさしい声色で話しかける。

「大丈夫ですか？」

「びっくりしたわあ……。足腰がもう弱いものだから躓《つまず》いちゃって。危なかったわね。巻き込んでごめんなさい。ありがとう」

女性は頭を下げて謝罪とお礼を口にした。

次に私が両手を差し出して声をかける。

「降り口まで、よければ私がお荷物をお持ちいたします」

私の言葉に女性は初め遠慮がちだったけれど、こちらが笑顔を向けると表情が解《ほぐ》れ、カバンを預けてくれた。直後、彼がスッとカバンを手に取る。

「荷物は僕が」

有無《うむ》を言わさず交代させられた私は一瞬戸惑ったものの、すぐに彼の代わりに女性の手を取った。

「行き先は何階ですか？」

「三階よ。お店で知り合いと待ち合わせしているのだけど、間違った階まで行ってしまっていたみたいで。恥ずかしいわ」

「そんなことないですよ。空港は広くて迷ってしまいますよね」

女性とたわいのない会話をしているうちに、あっという間に降り口に到着する。

「もうすぐ降り口です。足元、お気をつけくださいね」

ゆっくりと手を引いて、女性の足元に注意を向けつつエスカレーターを降りる。

女性はカバンを受け取ると、改めて私たちに深々と一礼した。

「おふたりとも、ご親切にどうも」

私たちはその女性に会釈《えしゃく》を返し、その場でしばらく見送った。

「さて。時間がないな。行こう」

先に口を開いた彼は、再び私の手を掴み、歩き出す。そうして連れていかれたのは、空港内のコンビニエンスストア。

彼は茫然と立ち尽くす私に声をかける。

「一緒に来てくれますか」

「あの、いったいここでなにを……」

店内に足を踏み入れてまもなく、彼は足を止めた。そこはマルチコピー機の前。

彼がなにか操作し始めたのに気づき、あまりジロジロ見るのもどうかと思って、目のやり場を探す。

さっき、あの女性が転びそうになったとき、私のほうが女性に近かったのに、この人が先に手を伸ばして助けていた。その後も、私が持ちますと言ったカバンをさりげなく代わりに持ってくれたり。ああいう行動を自然と取れる人は、悪い人ではない気がする。

彼の姿を斜め後ろから見つめ、そんなふうに考えていると、マルチコピー機が音を立てて動き出す。

数十秒後、彼は印刷された用紙を確認するなり、私を振り返り差し出した。

「え？　これは？」

思わず受け取ったものの、その紙面を見て驚愕《きょうがく》する。

〝個人事項証明〟……これ、戸籍《こせき》の写しじゃない！　こんな大切なものを……。

「先に身元を明らかにしたほうが、話はスムーズになるかと思いまして」

「でもだからって」

証明書発行サービスを利用するためだったなんて。免許証やその他で証明しようもあっただろうに……。

「僕の名前はそこに記載されている通り。八重樫清臣《やえがしきよおみ》といいます。免許や保険証じゃ信用されるには足りないかと。最大限の配慮です」

私の心を見透かした彼に唖然《あぜん》としつつも、私は再び紙面に目を落とした。

八重樫清臣さん。年齢は……私より五つ年上の三十二歳。住まいは港区《みなとく》。

そこまで見終えたあとは、速やかに証明書を返した。

「少しは信用していただけましたか？」

「はい。十分です」

そこで、私のスマートフォンからアラーム音が鳴った。そろそろ持ち場に戻らなければならない時間だ。

彼は自分の腕時計を一瞥《いちべつ》して口を開く。

「ああ。もう時間ですね。遅刻はさせられない」

八重樫さんはそう言って、証明書をさっと折りたたんで内ポケットに入れると、代わりにメモパッドと高級そうなペンを取り出した。慣れた手つきで、さらさらとメモ紙にペンを走らせる。

「これ、僕のＩＤです。お気持ちが変わらなかったなら連絡をください」

ミシン目に沿って綺麗に切り離したメモを、手に握らされた。

私は狐につままれたような気持ちで彼と向き合う。

そのとき、ずっと握りっぱなしだったスマートフォンが短く振動した。反射でディスプレイを見れば、送信主は母だ。

次の瞬間、私は自然と返答していた。

「……します」

ポップアップ画面にちらりと見えた母からのメッセージを瞳に映し、唇を引き結ぶ。

ひと呼吸おいて、改めて宣言する。

「私、あなたと結婚します」

戸籍を見せるほどの本気を受け、私もなんだか勢いづいた。

真面目《まじめ》な気持ちで八重樫さんを見上げ、上半身を九十度前に倒す。

「どうぞ、よろしくお願いいたします」

コンビニエンスストアの中だということも忘れ、真剣に伝えると視界の隅に手が見えた気がして顔を上げた。

「こちらこそ。よろしくお願いします」

彼はまるでビジネスの一環《いっかん》みたいに、私に握手を求めていた。

私がゆっくり彼の手に触れると、やさしく、けれども確かに握り返された。

お弁当を食べるのをすっかり忘れて仕事に戻ったけれど、その日、私はなんだか胸がいっぱいで仕事が終わるまでお腹が空くことはなかった。

2. 彼の秘密

空港は私にとって特別な場所。

子どもの頃に抱いた『これから遠くへ飛び立つ』特別感に、大人になった今『飛び立つ人たちを見送る』使命感と達成感が加わった。

CAは素敵だ。しかし私の中では、中学生頃から徐々にグランドスタッフへの興味が深まっていった。

グランドスタッフは、多くのポジションがあってやり甲斐があると思った。

中学高校と運動系の部活を続けていたから体力には自信があったし、動き回る仕事は得意な気がした。

それから晴れて希望の職に就いたあと、覚えることが多くて想像の何倍も大変だったけれど、いまだに『辞めたい』と思ったことはない。

なによりも、チームワークで仕事をこなしたあとの、フライトを見送る瞬間に心地よさを覚えてしまったから。

そういった経緯から、ひとり娘であるにもかかわらず、実家の呉服屋を手伝わずにグランドスタッフに専念している……などという話を、今改めてしている。

——八重樫さんに。

平日、午後三時過ぎ。私は彼と二度目の対面を果たしている。

それはまるで、面接のようだ。

展望デッキでの嘘みたいな出逢いが、約一週間前。

時間が経てば経つほど、利害が一致したとはいえ、大それたことに足を踏み入れてしまったと思えてきた。同時に、現実だったかどうかさえ疑わしくなって、半信半疑で彼にメッセージを送った。

すると、彼から【お互いに最短で都合がつく日に、もう一度お会いしませんか】と提案され、今日品川《しながわ》駅で待ち合わせし、今に至る。

ここは、駅付近のラグジュアリーホテル内のカフェ。落ちついた雰囲気で、隣の席との間隔も広めに取ってあり、周囲を気にしながら話をする必要がない。

もしかすると、八重樫さんはそこまで考えてここを提案してくれたのかもしれない。

彼はコーヒーカップを置き、私の話に同調するように頷いた。

「なるほど。小さい頃からの夢を叶えたのですね」

「ええ。でも、それが実家に対しての負い目でもあるというか。家業を選ばなかったから……。いや、きちんと話をつけて進学したので、私が勝手に気にしているだけなんですけど」

こんな話を、まだ二回しか会っていない人に話すなんて。だけど、すでに一度目ですべてを晒《さら》してしまっているからか、あまり抵抗はなかった。

「とても親御さん思いでやさしい方ですね」

意外にも褒《ほ》められて、驚いた。私はごまかすように紅茶を口に含む。

私は本当にやさしいのだろうか。就職したあとは逃げるように家を出て……。

胸の奥でモヤッとしたものを感じつつ、笑顔を作って話題を振った。

「私の話は大体こんなものです。次は八重樫さんのことを聞かせてください」

「もちろんです。が、その前に……」

なにか注文でもつけられそうな言い回しに、なんとなく肩を竦《すく》める。

「今からお互いに下の名前で呼び合うのはどうです？　初めからそうしたほうが、違和感なく結婚生活をスタートできるかなと思います」

淡々と並べられた言葉は、特段こちらを責めたり無理難題を押しつけるようなものではなく、ほっとした。

「言われてみればその通りですね。では……清臣さん」

彼はクスッと一笑《いっしょう》し、「はい」と答えた。

清臣さんが笑ったところを初めて見た気がする。あの日、初めて出逢ったとき、一度もそういった崩れた表情を見せてもらえなかった。

新鮮な気持ちになり興味津々《きょうみしんしん》で観察するも、すでにクールな彼に戻っている。

「家族構成は両親と僕の三人家族です。そして、これが勤務先です。どうぞ」

清臣さんは、ジャケットのポケットから出したものを差し出してきた。

丁重に受け取り、名刺を見る。瞬間、驚愕の声をあげてしまった。

「NWCホールディングス……？　えっ！」

よく知っているその名称に驚きを隠せない。

さらに驚くべきは、この肩書き——。

「グループ総合政策本部……本部長……？」

本社所属でこれは、役員レベルの役職だと推察する。

情報過多だ。彼が同業他社のそれなりの立場にいる人で、『妻帯者』の肩書きを求めていて、その相手に自身のライバル会社に関わっている私を……だなんて。清臣さん側にすれば、面倒なことにもなりかねないのでは……。

恋愛はもちろん、結婚する相手も自由ではあるだろう。けれども、現実にはそれぞれの立場も考えなければならないものだと思う。

私が職場に結婚相手が清臣さんだと伝えでもしたら、好奇の目で見られるのは想像に難くない。でも彼は？　上に立つ人が、競合他社の子会社に所属する一介《いっかい》のグランドスタッフを結婚相手に選ぶって。好奇の目どころか、大きな騒ぎになるだろう。

「あの。なぜそんなにも余裕なんですか？　先ほど私の勤務先をお話しした際に、戸惑いはなかったのですか？」

普通なら、私が自分のライバル会社の社員とわかった時点で、期間限定とはいえ結婚するなんて考え直そうとでもしそうなもの。正直私だって、上司どころか同僚にさえ言える気がしない。

こちらのほうが混乱していると、彼はきっぱりと言う。

「戸惑いはない――と言えば嘘になる。が、あなたが思うような心配はない」

「それってどういう……」

「とにかく結婚はしたい。僕たち、お互いに切羽詰《せっぱつ》まっているでしょう？　こんなふうに同じ状況に置かれた相手が見つかるのは、なかなかあることではありません。そう考えれば、お互いの所属程度の問題は些細《ささい》なことでは？　なにかそれでも異論があるなら聞きます」

彼の決意がぶれていないのが伝わってくるせいか、さっきまで不安になっていたことも霞《かす》む。

そこまで迷いなく言われたら……。

「異論……は、ありません。ですが、心配はあるので……ひとつ条件を提示してもよろしいでしょうか」

たどたどしく返すと、彼はまっすぐこちらを見て逸らさない。

「条件の内容は？」

「ひとまず結婚相手の素性《すじょう》は、お互いに職場では伏せておきましょう」

期間限定の結婚なわけだし、伏せていたほうが面倒ごとは減ると考えた。

そもそも私は家族にだけ『幸せな結婚』をしたことを演じればいいのであって、職場では結婚した事実をわざわざ報告する必要性はないのだ。職場では旧姓も選べるし、唯一報告しなければならない総務の人も書類だけ見て彼をＮＷＣの関係者だとはそう気づかないはず。

ただ、彼は違う。清臣さんはおそらく『結婚をした』ことを周知する必要があるだろうから、これは折衷《せっちゅう》案だ。

彼は社会的信用のためにも結婚相手が必要という話だし、そこは仕方がない。

「わかりました。極力そのようにしましょう」

ある意味、誠実な回答だった。簡単に『できます』と即答しないところは、信用できる。しかし、まったく不安はないかといえば、別の話。私の結婚相手が清臣さんのような人だと知られたら注目されてしまう。万が一の覚悟は必要だ。

「不安にさせてすみません。でも、僕の立場上、仕事に関わる集まりなどでパートナー同伴の場面も出てくる可能性がありまして」

パーティーの同伴？　ますます心配になる。仕事でマナーは習ったとはいえ、そういう場はまた雰囲気が違うだろうし。

「もちろん、わざわざあなたの勤め先などを添えて紹介することはしません」

清臣さんは、はっきりとそう言い添えてくれた。

「承知いたしました」

私は軽く頭を下げて受け入れた。その直後、視界にスッと婚姻届が映り込み、すぐさま顔を上げる。

「これっ……」

「僕のほうはすでに記入済みです。隣にあなたのサインもお願いします」

清臣さんを見る。彼は真剣な表情で、改めて彼の本気を窺えた。

もう、なるようになれ。これがうまくいけば、しつこく『結婚』と言われなくなるし、離婚後は結婚が女性の幸せだという偏《かたよ》った考えも自然と変わってくれるはず。

私は差し出されたペンを受け取り、その場で記入を済ませる。

自分でも、信じられないことをしでかそうとしているのは重々承知している。だけどこれは今の私にとって、必要なこと。自分を保つのに……。このままじゃ、家族から逃げてしまいそうだったから。

署名を終わらせて婚姻届を彼に戻すと、景気づけにグイッと残りの紅茶を飲み干す。清臣さんもカップを空にして、口を開いた。

「では。今日の結婚に向けての打ち合わせは、一旦《いったん》ここまでで」

「あ、はい。お忙しくていらっしゃいますもんね。お時間をいただきまして、ありがとうございました」

私は膝の上に両手を重ね、最敬礼をする。

「いや。俺は、オフはきっちり休むタイプだから。どうしても、電話がかかってきたりとかはあるけど」

作法も忘れ、頭を上げてぽかんと彼を見つめる。違和感に思考が一旦停止した。

ああ、丁寧な話し方から、気さくな口調に変わったから……。急な変化に、驚き戸惑ってしまった。

不思議なもので、敬語ではなくなった途端、また別の人みたいに感じられる。

そんな清臣さんを見て、ふと疑問が頭を過った。

「あの。今日って平日ですけれど……お仕事は大丈夫だったのでしょうか？」

約束した際は、彼の肩書きを知らなかったから。ＮＷＣホールディングス本社にお勤めなら、おそらく暦《こよみ》通りの休日なのでは……。

「スケジュール調整したから問題ないよ」

あっさりと返された答えに、思わず「えっ」と声が出た。

今の発言って要するに、今日私がオフだったからそれに合わせてわざわざスケジュールの調整をしたっていうことよね？　そんなの申し訳なさすぎる。

「最優先事項と判断したのは俺だし、気にしないで」

彼からの気遣いは、『はい、そうですか』と簡単に受け止められるものでもない。

後ろめたさを引き摺っていると、さらに驚かされる。

「さて。このあとはデートをしよう。今から俺は恋人のように振る舞うよ」

ぽかんと彼を見つめる。

言葉通り、私は目が点になっていたと思う。拍子抜けしている私とは逆に、清臣さんは落ちついた様子で確認をする。

「それとも、このあとなにか予定があった？」

「予定はなにもありませんが……」

私が首を横に振りながら答えると、「よかった」と言って席を立った。伝票を持って出口へ向かう清臣さんを、慌《あわ》てて追いかける。

「清臣さん、お支払いは別々で」

私の言葉に、彼はピタッと足を止めてこちらに顔を近づけた。

「今伝えたはずだ。恋人のように振る舞うと」

耳のそばで顰《ひそ》めた声で返され、心臓が途端に騒ぎ出す。ふいうちでささやかれたイイ声が、ずっと耳に残って消えない。

どぎまぎしているうちに、清臣さんが会計を済ませてしまった。

私は彼についていく形でカフェをあとにした。

ホテルのロビーを通過する間、ぐるぐると考える。

本音は今すぐお財布《さいふ》を出して、お茶代を渡したい。だけど、あえて『恋人のように』と二度も念押しされたら……。受け入れるのが正解なの？　デートと仮定するなら、男性を立てるべきとも考えられるし……。

「あの。ごちそうさまでした……」

結局、彼の言う通り、恋人のつもりになってお礼を伝える。彼は「うん」とだけ返して、エントランスへと歩き出した。自動ドアをくぐり、外に出た直後、清臣さんが私を振り返る。

「い、いかがされましたか？」

なにか言いたげな気がしておずおず尋ねると、清臣さんは凛々《りり》しい顔つきで言う。

「いつまでも、お互い堅苦しい雰囲気や話し方をしていたら周囲から奇妙に思われる。俺たちは今、結婚秒読みの間柄という設定になるんだろう？」

「そうですね、すみません」

彼の指摘は至極もっともだ。とはいえ、彼と会うのは二度目。自分よりも歳は上で、さらには若いながら大企業に所属し、役職がついているなんて相手に易々《やすやす》と砕けた対応は取れない。

事の発端は自分がこぼした非現実的な願望からだっていうのに、今や彼の勢いに引き摺られている。だけど、彼は彼で理由があってこんなありえないことを受け入れたのだから、私が足を引っ張っちゃいけない。

気持ちを改め、握りしめた両手をこっそり見つめて気合いを入れる。

そのとき。

それは紛れもなく私の名前だ。

「――紗綾」

これまで友人や家族にそう呼ばれてきた聞き慣れた名前が、急に別物に感じて立ち呆《ほう》けた。周囲の音が一瞬消えて、自分の心音だけがやたらと大きく聞こえる。

「行こう」

彼はそう言って、さながら長い付き合いの恋人のように私の手を取り、繋ぐ。

こんなの……心の準備してきてない。

思い詰めて信じられない方法を考えて、それを実行することになって。今日はただ、不安と緊張でいっぱいで……。〝結婚〟して目的は達成できるとばかり――私は無意識に……単純にそれだけしか考えていなかった。

繋がれた手の感触とリズミカルな鼓動を感じる中、覚悟を決める。

これは、確かに必要なこと。私の考えが足りなかった。私たちは、期間限定とはいえ、本当に夫婦になるのだから。

こそばゆい気持ちをグッと押し込め、平静を装う。

「どこへ行きましょ……行くの？」

お互いのことで知っている内容は、名前と年齢と家族構成、勤務先くらい。趣味や好きなものや苦手なものなど、ひとつも知らない。

異性と交際した過去は五年以上前の話。それも半年くらいの付き合いで、あっさり別れてしまった。初めてのデートのときは、どうしていたっけ？

記憶を探っていると、清臣さんが言う。

「まずは定番のデートスポットってことで、あれは？」

視線を上げた先には、水族館の広告。

そういえば、この近くに水族館があったかも。

「水族館！　いいですね！　……あっ」

咄嗟に敬語が飛び出し、口を噤《つぐ》む。

彼はそれに気づき、こちらを一瞥して柔らかな声で答える。

「徐々にね」

私は、こくこくと頷く。清臣さんはその場でスマートフォンを操作し、すぐにチケットを購入してくれた。

数分歩き、水族館に到着する。私たちは緩やかなスロープを下り建物の中へ入った。その先で清臣さんが窓口でチケットを交換してくれている間、私は年甲斐もなくわくわくわくして待つ。

水族館、いつぶりだろう？　学生の頃、友達と行ったきりかもしれない。

「お待たせ。はい、どうぞ」

「ありがとう」

チケットを受け取り、入場ゲートを通る。トーンダウンした照明の中、歩みを進めていくと、すぐに広い空間に出た。

「う、わあ……。綺麗」

そこには、壁一面に映し出された水の中のグラフィック。ゆらめく水の動きと、テレビ番組で見るような魚群が端から端へ、悠々《ゆうゆう》と泳いでいく様に圧倒される。自分が小さくなって水槽の中に迷い込んだみたい。

平日だからか、館内はあまり混んでいない様子。おかげでゆっくりと鑑賞できて得した気分だ。

大きな映像に意識を吸い込まれ、その場に数分とどまったあと、はたと気づく。

「ごめんなさい。まだ先があるのに」

「時間はあるんだから先を急ぐ必要はないだろう？　俺はこの映像をもう少し眺めていたいと思ったけど」

彼の反応に驚いて、思わずグラフィック映像から視線を外し、隣の清臣さんを見た。

清臣さんは『もう少し眺めていたい』と言っただけあって、映像をジッと眺め続けている。

「じゃあ、もう少し」

私は小さく返し、再び煌《きら》めく水槽グラフィックに目を向けた。

その後、順路に従って進み、イルカのショーを見終えた頃には、すっかり緊張も忘れて楽しんでいたことに気づいた。同時に、この人となら一定期間を夫婦として過ごせる気がすると、漠然《ばくぜん》と感じられた。

「また順路を戻って見たいところはある？」

移動しながら尋ねられ、私は首を横に振る。

「もう十分！　ショーもすごく楽しかった。そういえば、今住んでいる場所の近くにも水族館があるんだけど、一度も行ったことないなあ」

「そう。なら、そこもいつか行こう」

途中からひとりごとのつもりで口にしていた言葉に対し、清臣さんから意外な反応をもらい驚いた。

彼は出口へ向かう階段を私と並んで下りながら、さらに言う。

「そういえば、海外で人気のあるアクアリウムもいくつか行ったことはあるが、向こうは向こうのよさがあって楽しめるから、今度一緒に――」

うっかり、清臣さんを見すぎていたかもしれない。

私の視線が気になったのか、彼が話の途中でこちらを見た。

私はドキリとして、咄嗟に顔を戻す。

「なに?」

「あ……いえ。水族館、お好きなんだなあ……と」

本当は、一番に頭に浮かんだのはそれではなかった。

清臣さんが、当たり前のように『いつか行こう』とか『今度一緒に』とか誘うものだから。

出口のゲートを通り抜け、外に出た直後、彼は足を止めた。

「嫌いじゃないけど、すべて仕事で行ったことがあるだけって話。プライベートでは、これが初めて」

「お仕事……そうなんですね」

言われてみれば、航空会社にお勤めなら、観光業のほうと繋がりはあるだろう。

納得していたそのとき、眩《まぶ》しい光が射してきた。自然と顔を上げ、目を細める。夕陽だ。

水族館を堪能《たんのう》しているうちに、空はすっかり美しい橙色に染まっていた。

普通に楽しんじゃった。こんなふうにデートするのは、本当に久々で……。

充足感でいっぱいになっていたところに、清臣さんに顔を覗き込まれる。

「まだ時間はある？」

「ええ。実は明日も休みなので」

質問に答えたあとも、彼はなぜかこちらをジッと見続ける。

綺麗な顔立ちの人は、これまで何度か仕事中に対面した経験はある。だけど、ここまで見つめられることはないからドキドキする。

「なら、食事に行こう。好きなものはなに？」

「えっ。あ……大抵なんでも美味しくいただきます」

急に食事にも誘われ、どぎまぎする。それでもどうにかシャキッと背筋を伸ばし丁重に回答したら、清臣さんはなにか言いたげな視線を送ってきた。

私は首を傾《かし》げ、ひとこと聞き返す。

「なにか？」

「いや。やっぱりいい。今日が初日だし、〝徐々に〟って話だったから」

彼の言葉にはっとし、口を押さえる。

「ごめんなさい、つい」

どうにも、よそよそしい受け答えが抜けきれない。といっても、まともに過ごすのは今日が初めてなのだから仕方のないこととは思うのだけれど。

清臣さんを窺えば、どうやら怒ってはいなさそう。

内心ほっとして、彼の行きつけだというレストランまでタクシーで移動することになった。

タクシーの後部座席に乗り、隣に座る清臣さんをこっそりと見る。

水族館を見て回っていたときも、一度も笑った顔は見せなかった。

そうかといって、つまらなそうだとか私に付き合って仕方なくだとか、そんな雰囲気ではなかったと思う。観覧するペースは常に合わせてくれていたし、私に関係なく、清臣さんも水槽を興味深く見ている場面もあった。

まともに彼と関わるのは今日が初めてだけれど……ただ笑わないだけで、言動の端々《はしばし》から丁寧な気遣いを感じられた。

元々表情の変化が少ない人なのかな。それとも、仲のいい友人や本当の恋人相手なら、笑顔を見せるのだろうか。うん、きっと見せるよね。

容姿はとびきりカッコイイから、きっと笑ったらもっと魅力的に……。

「住まいはどうするか、考えてる？」

清臣さんの笑顔を勝手に想像しかけたときに、運転士に聞こえないくらいのささやかな声で尋ねられた。

私はやや不自然な動きをして、しどろもどろになる。

「全然考えてなかった……。そっか……住むところ」

普段、仕事ならすべて先回りして考えられるのに。当たり前だけど、こんな状況初めてで、なにからどうすべきかまだ把握できていない。

彼は現実的にやらなきゃならないこと、考えなきゃならないことをすでにきちんとタスク化してるみたい。それに比べて私……。なんだかずっと、だめなところしか見せていない気がする。

居《い》た堪《たま》れなくなって視線を落とす。

「そんな顔しなくていい。責めてるわけじゃない」

彼が言った通り、彼の口調は責めるようなものではなかった。冷静で聞き取りやすい声色で、自然と清臣さんの顔に目を向けた。

清臣さんは人の気持ちを察する力に優れている。それだけ相手をきちんと見ているのだろうな、とつくづく感じた。そして、さらに思う。

清臣さんは不思議だ。物腰は柔らかなのに、そのブラウンの瞳は揺らぎを知らずまっすぐで、つい引き込まれてしまう。立派な肩書きを持っていても、決して威圧感があるわけではないから、つい彼の立場を忘れさせられて――。

清臣さんは進行方向に顔を向け、話を続ける。

「そこで提案。うちに来るのはどう？」

「え？　私が、清臣さんのおうちに？」

人差し指を自分に向けながら聞き返すと、彼は一度頷いて答える。

「別居婚も、今やめずらしくはないかもしれないけれど……俺としては、こんな結婚だからこそ、きちんとして見せたいと考えてる」

こんな結婚だからこそ……。

清臣さんの言わんとしていることは、なんとなく伝わった。

私たちの間には、〝本物の愛〟があるわけではない。なら、せめて外側だけでもそれらしく取り繕《つくろ》ったほうがいいに決まっている。

「今より少し通勤に時間かかるけど、五分か十分程度の違いだと思うよ」

今日、私が自己紹介した内容を踏まえ、具体的に通勤時間を試算してスマートに提案をしてくれるあたり、彼は本当に敏腕だとわかる。

「明日の予定は？」

「予定は特にありませんが」

「じゃあ、食事のあと、うちを見に来る？　そのほうが現実的にいろいろと考えられるだろうし」

即座に返ってきた言葉にぎょっとした。

「清臣さんのお宅を……見に？　今夜？」

予定外のデートだけでもびっくりしたのに、さらにお宅訪問まで。

それって、普通？　……ではない気がする。ううん。中には出逢ったその日にデートする人もいるとは思うけれど、一般的ではなさそうというか。って、そんなふうに考えている私が一番普通じゃないことを考えて実行している最中だ。

だったら、こんなふうに訪問することを躊躇《ためら》えば、『今さら純情ぶって』って思われるだけなんじゃ……。

「ふっ」

陥ったことのない状況に頭を抱えていると、清臣さんが小さく笑った。

私は数秒前の悩みなど全部吹き飛び、彼に注目する。

だって、今日二度目の笑顔だったから。笑顔を見せる清臣さんはめずらしくて、つい意識してしまう。

ふいうちの出来事に、ただ彼を凝視《ぎょうし》するだけで言葉がなにも出てこない。

清臣さんはすらりとした手で口元を覆《おお》い、視線を逸らした。

「ああ、悪い。今さら？　って思って」

彼はすぐに元通りのクールな印象に戻る。

それはさておき、やっぱりそう思われたんだと感じ、大きな羞恥心《しゅうちしん》に襲われる。

私が俯《うつむ》きがちになって話せなくなっていると、彼はさらに一度咳払いをした。

「いや、でも安心した。ちゃんと警戒心あるんだな。あの日は、なんだか危なっかしい感じだったから」

あの日……展望デッキで嘆いていたときのことだよね。

危なっかしいと言われたら確かにそうだったと思う。なんなら、今も危ないことをしているとも言える。見知らぬ男性と、結婚を前提にこんなこと……。

今一度、清臣さんを見る。

〝あの日〟清臣さんは、すぐさま身元を証明する書類を見せてくれた。だからもう、見知らぬ男性ではない……なんて、こじつけが過ぎるかな。

それでもやっぱり、自分を擁護《ようご》しているだけと揶揄《やゆ》されるかもしれないけれど、誰が相手でもよかったわけではなかった。

この人は信用してもいいと、直感を抱いた。今日、数時間一緒に過ごしてその部分は覆《くつがえ》っていない。

私は膝の上の手をきゅっと握り、ひとこと答える。

「行きます。清臣さんのおうちに」

「うん。おいで」

瞬間、ドキッと胸が鳴った。

なんだろう、これ。清臣さんはすでに笑顔を封印していて、単調な声で答えただけなのに。

『おいで』っていうのが、私にとってパワーワードだったのかな。考えてみたら、ここ数年恋愛どころか男の人との交流さえ、業務中くらいしかなくて免疫もないもの。

この程度で動揺してどうするの。本番はこれからなのに。

「ちなみに、あなたの部屋はちゃんと用意できる。プライバシーは守られるから安心して」

気持ちを強く持ち、改めているときに、清臣さんはそう補足してくれた。

具体的な想像もできず、ただ混乱していた自分が再び恥ずかしくなり、首を窄めて小さく返す。

「あ……そうですよね。ありがとうございます」

その後どうにか心を落ちつけたものの、普段私が足を踏み入れないような高級なレストランに連れられて、結局終始そわそわし続けたのだった。


彼の肩書きを知り、ある程度予想はしていた。

だけど、その予想を遥かに超えた立派な高級マンションを前に圧倒された。

地上三十階、地下二階の高級マンション。エントランスから一歩中に入れば、清掃の行き届いた綺麗な吹き抜けのロビーに迎えられる。辺りを見回せば応接セットも至るところにあり、ゆっくりと寛《くつろ》げそうな雰囲気だ。

「ラグジュアリーホテルみたい」

煌びやか——というよりは、モダンでシンプルな感じ。だけど明るめのグレージュをメインとした壁紙や海外製を思わせるカラフルな色使いのソファセットなどから、ビジネスホテルとはまたちょっと違って感じられた。

二階からロビーを見下ろす壁は一面ガラスで閉塞感もなく、照明がうまく反射して明るいロビーを演出している。

私が吹き抜けを見上げて茫然としていると、清臣さんが言う。

「ここを管理しているのはリゾートホテルも持っている運営会社だからね。スカイラウンジやゲストルームもある」

「ラウンジも……。すごい……」

いつまでもロビーを見回していると、彼は「行こう」と先を促《うなが》した。

エレベーターで向かうのは最上階。清臣さんの案内で玄関までたどり着き、今さらながらまた緊張が蘇ってきた。

「どうぞ」

「お邪魔します」

深々とお辞儀《じぎ》をし、玄関の中へ足を踏み入れる。

ここも想像していた以上の広さと綺麗さで、うっかり細部まで観察しそうになった。けれども、ロビーとは違い、ここは清臣さんの部屋。あまりまじまじ見るのは行儀《ぎょうぎ》が悪いかと、なんとか思いとどまった。

マンションの共有部分と同じ、白と明るめのグレーを基調とした廊下を歩いていく。行きついた先は、見晴らしのいい広々としたリビングだ。

清臣さんがリビングの照明をつける直前、一瞬見えた窓の向こう側の景色に目を奪われる。

二十畳以上ありそうなリビングのパノラマウインドウ。その先には、都心の明かりが煌めいていて、高層階というのもあり機内からの眺めを連想させる。

「照明が消えた状態の窓の外の眺めが……陳腐《ちんぷ》な表現しかできませんが、本当に綺麗ですね」

私が窓から視線を外さず、恍惚《こうこつ》として口にすると、清臣さんは虚《きょ》を突かれた様子で答えた。

「ああ。言われてみれば」

初めて訪れる人にとっては、この空間に一歩足を踏み入れた瞬間抱く感想だと思う。しかし、彼にとっては日常で、もはや生活の一部でしかないのだろう。

「ここで暮らしていたら、慣れちゃいますよね」

今度はこちらが苦笑交じりに返答するや否や、突然パッと照明が消えた。

「えっ？　停電？」

私が狼狽えると、清臣さんは冷静に返す。

「いや。俺が消した」

そうして彼はゆっくり窓際に歩みを進め、夜景を見下ろしてつぶやく。

「確かに慣れもあるかもな。でも、俺は初めからそういう感動にも気づかず、ここには帰ってきて寝るだけという生活をしていたかも」

再び真っ暗になった部屋の中で、徐々に目が慣れてきて、私も清臣さんのそばまで移動した。

彼の背中にぽつりと話しかける。

「お忙しすぎるのではないですか？　毎日三食とれていますか？」

「朝はほとんど食べない。昼は外で済ませてる。夜は……まちまちかな」

窓の外を見つめたまま返された言葉に、私は迷いつつも意見する。

「強制はしませんが、理想はやっぱり朝食をとったほうがいいと思いますよ」

私は母や祖母にそう教わり、育てられてきた。

だから朝食をとるのは普通のことだし、不規則な生活をしている今でも、基本的には三食きちんと食べるように心がけている。とはいえ、人それぞれ生活スタイルも決まっていて、みんながみんな受け入れられるものでもないかもしれない。

自分の発言を後悔して、口を開きかけたとき、清臣さんがこちらを振り返る。

「わかった。改善するよう努力するよ。あなたがそう言うなら」

外の明かりに照らされた彼の横顔は、なんともいえない美しさだった。

無意識に見惚れていると、清臣さんはリビングの照明スイッチに足を向ける。そして、スイッチに触れる直前にぽつっとこぼした。

「あなたはオンとオフにあまり差がない人のようだ」

ピッという小さな電子音のあと、リビングに明かりがつく。私は寸時目を細め、改めて清臣さんを見て問いかける。

「どういうことですか？」

「ああ、いや。なんでもない。それより、空いている部屋はこっち」

なんだかごまかされた気もしなくはなかったものの、それ以上追及もできず、案内されるままリビングをあとにする。さらに廊下を奥に進むと、扉が三つあった。

奥は寝室かな。そうすると、残るふたつのどちらかは仕事部屋とか？

ひとり頭の中で予想を立てながら彼についていく。

清臣さんは、リビングに一番近い部屋の前で足を止めた。ドアを押し開け、照明をつける。

「ここだよ。西向きの部屋なんだ」

清臣さんの肩越しに室内を見る。

広さは十二畳くらいかな。ひとり部屋と考えたら、十分すぎるくらいだ。私の実家も、店も含んでいたのもあって敷地や建物は広めだったけれど、自室はここまで広くはなかった。

それに、やっぱりこの部屋も街を見下ろす景色が魅力的。実家でも寮でも今のマンションでも、ここまでの景色は見られなかったから。

「気に入った？」

気づけば、清臣さんを追い越して窓際までやってきていた。

慌てて後ろを振り返り、笑顔で返す。

「こんなに素敵な部屋、気に入らない人なんかいないですよ」

そう答えながら、ふと気になった。

「ベッドとデスク……？」

室内にはセミダブルのベッドと、シンプルなL字のデスクが置いてある。

ここは使っていない部屋だと聞いたし、このベッドもデスクも見るからに今は使われていない。ゲストルーム用に置かれていると言われたら……そう見えなくもないけれど、なんとなく違う気もする。

首を傾げていると、清臣さんが淡々と言う。

「ああ。それはもう不要になったんだけど、忙しくてそのまま……悪い。紗綾が来る前には処分しておく」

「えっ、処分？　まだ綺麗な感じがしますよ？」

見るからに新しめだとわかるだけに、『処分』というワードに驚いた。

「いいんだ」

「でも、もったいないのでは……あ。差し支えなければ、私がそのまま使わせてもらっても……」

「だめだ」

きつい口調で拒否され、ビクッと肩を揺らした。この間も今日も、温和な空気を纏う彼が、鋭い声をあげるものだから心底びっくりした。

私は彼の気分を害してしまったのだと反省する。

「そ、そうですよね。図々しく、すみませんでした」

ひとり暮らしを七年も続けてきたせいか、節約意識が働いてしまった。

私が自分の失敗に落ち込んでいるのに気づいたのか、清臣さんはフォローらしき発言をする。

「あー、いや。その……デスクは必要ならそのままにしておく。だけど、ベッドは週末にでも業者に回収してもらうから」

清臣さんはきちんと私の目を見てそう言ってくれた。

「いいんですか？　では、お言葉に甘えてデスクをお借りさせていただきます。私、こういう立派なデスクは持っていないので助かります」

私が今住んでいる部屋はワンルームで、デスクはなく座卓を食事と勉強とに兼用している。だから、勉強専用のデスクがあるのは本当にうれしい。

「ということは、共同生活の場はここでいいんだね？」

清臣さんに確認され、私は背筋を伸ばした。

「はい。なにからなにまで頼る形になって、すみません。ありがとうございます」

「いや。俺は引っ越しの手間が省けたから。こちらこそありがとう」

言われてみればそうだ。引っ越し作業をしなくちゃならないんだ。

忙しい中、引っ越しなんて正直大変ではある。けれども、今回の件を一番に考えたのは私だし。清臣さんも忙しいのはきっと同じだし、なによりこんな素晴らしい場所から引っ越させるのは心苦しい。

私はよくある単身者向けのお手頃価格のマンションだし、この件については私が譲歩したほうがいい。

想像以上に大変なことになったと不安になる傍《かたわ》ら、ここまで来たらやり遂げてすっきりしたいと勇み立つ。

それから、私は清臣さんに声をかけられてリビングに戻った。そこで食後のコーヒーをいただきながら、さらに話を詰めていく。

「引っ越しは、今の時期まだ繁忙期かもしれませんよね。来月以降がいいかな。まだシフトの希望も出せるので」

目線を手元の手帳から清臣さんへと動かす。彼は優雅にコーヒーを口に含み、ゆっくりとカップをテーブルに戻した。

「そうだな。そうしたら、その前にあなたのご実家に挨拶をしに行こうか」

「えっ。うちに？　もうですか？」

急な話に目を見開いた。

「あなたも俺も暇ではないだろう？　共有できる貴重な時間は、有効に使ったほうがいいと思う」

彼の意見はいつも真っ当だ。

展開が早いのは〝結婚〟が目的なのだから、当然受け入れるべき部分だろう。もたもたしていたら普通の恋人と変わらない。私たちは、一足飛びで〝既婚者〟というステータスを手に入れたい者同士なのだ。いちいちこういう葛藤《かっとう》をするのは、もうやめにしなくちゃ。

「わかりました」

私はふたつ返事で承諾する。

「俺のほうは、紗綾のご家族との対面が終わったあとで構わない」

葛藤はともかく、やっぱりまだ彼に『紗綾』と呼ばれることがくすぐったい。

照れくさい気持ちを表に出さないように気をつけて、粛々《しゅくしゅく》と答える。

「うちは問題なく話は済むと思いますが……清臣さんのご実家へのご挨拶は、本当に私で大丈夫なんですか？　その……正直、私と清臣さんとではギブアンドテイクにならない気が」

今日、ホテルのカフェで知った事実がやっぱり尾を引いている。

相手はＮＷＣホールディングスの本部長だもの。片や競合他社のグループ子会社のグランドスタッフって……。

「なるよ。まったく心配いらない」

私の迷いを一掃《いっそう》するほどのきっぱりとした彼の態度に、思わず目を瞬《またた》かせた。同時に、私自身を肯定してくれた気がして、うれしくなった。

「結婚の兆《きざ》しがない俺にやきもきしてる両親だ。吉報だって両手を上げて喜ぶさ」

「そうですか……？　それならいいのですが」

彼は私の返事を澄んだ瞳で受け止め、顎《あご》に軽く手を添える。

「あとは馴《な》れ初《そ》めとか、詳細設定を決めておこうか？　そのほうが安心だろうし」

「あ、それは必要ですね。なにからなにまで、ありがとうございます」

「付き合い始めたのは、いつ頃がいいとかある？」

「うーん。そうですね。半年前……とか？」

一般的には半年で結婚を決めるのは早いほうかもしれない。でも、これまで頑《かたく》なにこの手の話に『そんな人はいない』と母に言い続けてきたから。あまり長い付き合いにするのも不自然かと考えた。

「いいよ。じゃ、半年前からっていうことで」

そうして、細かな設定を決めたあとは、清臣さんに駅まで送ってもらった。

自分の部屋に着いたとき、この部屋に帰ってくるのはあと何日だろうかと、思いを巡らせた。

――私は今、人生の節目に立っているんだ。

それから、約半月後。

五月に入り連休も過ぎて、世の中が日常生活に戻って数日経っていた。かくいう私も、繁忙期を抜け、ちょっとだけ落ちついたところ。

しかし、『落ちついた』のは仕事の話。こっちの件は、むしろここからスタートを切るものだから、気を抜いていられない。

実家の最寄り駅の出口で立っていた私は、空を仰《あお》ぎ緊張を解すため、大きく息を吐く。そのとき、ポンと肩に手を置かれた。

「久しぶり。ごめん、もしかして待たせた?」

春の麗《うら》らかな日和のような柔らかな声で話しかけられ、一瞬戸惑った。

私が思う清臣さんの印象は、しっかり者でクールな人という感じ。今回の結婚も、仕事のひとつみたいに捉えているのかな? と思うから、私も思い切れた部分がある。

「いえ! あっ。ううん、そんなに待ってない。私が早く着きすぎただけだから」

前回は言葉遣いがなかなか直せず、終わってしまった。今日は私の実家へ行くわけだから、ちゃんと親しい雰囲気を作らなければ、と思っていたのだ。

ああ、さっき清臣さんの雰囲気が柔らかく感じたのは、彼も私と同じ気持ちでいるからかな。

〝彼女の両親に結婚の挨拶をする彼〟を演じなきゃならない——と。

そう解釈し、私も頑張って親しげに笑顔を向ける。

「今日はありがとう。また平日に付き合わせちゃって……」

前回清臣さんが私に合わせてくれていたから、今回は私が……と思っていたのだけれど、実家への挨拶となるとそうもいかなかった。

両親に合わせると、定休日になる。土日はよほどのことがない限り、お店は休めないから、結局清臣さんにまた平日の時間を割《さ》いてもらうほかなかった。

「平気。普段働きすぎて、休めって言われてるんだ」

彼の言いぶんは、事実にも聞こえるし、私を気遣ったものにも聞こえる。

「うん。そうだとしても、優先してくれてありがとう」

心からお礼を伝えると、清臣さんは虚を突かれたのかめずらしく目をぱちくりさせていた。けれども、やっぱりすぐにいつもの冷静な彼に戻る。

「当然のことをしているだけだから」

完璧な人だなあ。表情は豊かとはいえないものの、しっかりしていて相手の立場になって考えて率先して動いてくれる。

ここまで揃《そろ》った人でも、結婚できないなんて。単純に今は恋愛に興味を持てないっていうだけなのかな。

下世話な想像をしていたと我に返り、雑念を振り払う。

「うちは、ここから十分くらい歩くの」

「そう。天気もいいし、散歩にちょうどいい」

清臣さんは、微《かす》かに口角を上げて言った。

私はその微笑《ほほえ》みに目を奪われる。

これは演技。頭でわかっていても、実際に目の当《ま》たりにする側はどぎまぎさせられる。共謀者の私は事情も理由もわかっているのに、こんなふうに動揺させられるくらい、彼の役へのなりきり方は完璧なのだ。ドキドキと高鳴っている心臓の変化に気づいてはいるものの、すぐに平常へは戻せない。

私はそわそわと浮き足立つ感覚に襲われながら、一歩前を歩き先導する。

「家はこっち……」

実家のある方向を指さして清臣さんを振り返ると、彼は私の横に並んできた。

皺《しわ》のない上質そうなスーツを纏う彼を見上げ、無意識に見惚れる。

「緊張してる？」

ふいに問いかけられた質問に、こくりと頷いた。

「……めちゃくちゃしてる」

平気なはずがないじゃない。急き立てる母たちから、ずうっとごまかして逃げてきたんだもの。それこそ、一時期彼氏がいたときだって、それを知られれば煩《わずら》わしい話題に飛び火することを懸念《けねん》して、ひた隠しにしてきたんだから。

そんな私が、男の人を実家に連れていくだなんて。それも、こんなにカッコイイ眉《び》目秀麗《もくしゅうれい》な人を……。

なんだか、私の理想が高すぎたせいで浮いた話もなかったんだと勘違いされそう。

このあと両親が抱くかもしれない感想を想像してやきもきしているところに、清臣さんがさらに尋ねてくる。

「そう。事前の電話で結婚の挨拶だと話してくれたってことだったけど、お母様はどんな反応だった？」

私と清臣さんは、今日で会うのは三回目。だけど、お互いの日程相談などをメッセージでまめにやりとりはしていた。なかなか都合をつけるのは大変で会えないから、そのぶんをせめてメッセージアプリでリカバリーしていた形だ。

たとえば、今日の待ち合わせ時間や場所。必要事項の連絡はもちろんのこと、実家にアポイントを取った報告や、引っ越しについてなどいろいろ。

私は母に電話で連絡をした日を思い出しながら、ぽつりと返す。

「母は……意外な反応で」

「へえ。どういうふうに？」

すぐさま聞き返され、ちょうど赤信号で足を止めた際に宙を見つめながら答えた。

「もっとお祭り騒ぎされるかと思ったら、案外静かだったというか」

百パーセント手放しで喜ぶのだろうと予想していたのに、そうじゃなかった。

「いざ娘が『付き合っている人を紹介したい』と言えば、身構えるのかな」

「うーん、違うかも。なんていうか、疑われてるような？　きっと、半信半疑になってるんだと。私、これまで本当にそういう兆しゼロだったから、確かに急だし」

ついこの間まで結婚の話題を出されれば鬱陶《うっとう》しそうにしていた娘から、結婚相手を連れていくなんて聞けば、喜びより戸惑いや疑いが先に来たのかもしれない。

「なら、このあと説得力のある演技をしないとだな」

「うう……緊張する」

私が不安を吐露《とろ》した瞬間、前方の信号が青に変わった。すると、清臣さんが先に足を踏み出し、私の手を取った。

「俺も」

こちらに顔を向け、言葉少なに返してきたひとことに思わず目を丸くする。

清臣さんが緊張……？　出逢ってまもないけれど、全然そういうタイプに見えない。

母の反応と同じくらい彼の言葉も意外で、つい視線を送り続ける。清臣さんは横断歩道を渡り切ったあと足を止め、私に向き合って言った。

「さすがに緊張するよ。大事な娘さんをもらいに挨拶へ行くんだから」

「え……っ」

言い方……！　それだと本当の結婚の挨拶に聞こえるじゃない！　真剣な眼差《まなざ》しで『娘さんをもらいに』なんて言われたら、ドキリとしちゃう。

「さ、行こう。道はどっち？」

「あっ、ごめんなさい。まっすぐに」

彼は「まっすぐね」と再び私の手を握り、歩き出す。

本来、私がしっかり案内をして清臣さんの不安を軽減させるべく、気を遣わなければならないのに。

重ねられた手にばかり意識がいってしまって、頭と心に余裕がない。

「あの、清臣さん。手とか……無理しなくても」

「してないから大丈夫。それより、歩道が狭くなってきたし紗綾はこっち」

彼は即答で返した挙げ句、車道側だった私とさりげなく場所を交代してくれる。手は改めて繋ぎ直され、相変わらず距離が近い。駅から実家までの十分間を、私は今日ほど長く感じたことはなかった。

そうしてようやく到着した私の実家を見て、清臣さんは感嘆してつぶやいた。

「老舗呉服屋とは聞いていたけど、想像以上に厳《おごそ》かな雰囲気だ」

うちのお店は時代を感じる外観だ。軒先は五、六メートルほどの瓦屋根。藤色の暖簾《のれん》と、壁面の行燈《あんどん》看板に『呉服屋　春木《はるき》』と書かれている。

「自宅の玄関は奥にあるの。足元に気をつけて」

私は清臣さんの手を離し、敷地内端の砂利道を進む。飛び石に沿って数メートル行くと、格子戸の玄関が待っている。

思春期にはこういった古風な雰囲気が嫌なものだったけれど、大人になるにつれ、趣《おもむき》があっていいものなんだなと思うようになった。

玄関の前で、清臣さんと一度アイコンタクトを取る。彼が頷き、私も同じく返してから、引き戸を開けた。

「ただいま」

三和土《たたき》で声をあげると、奥から人の気配を感じる。正面の廊下の先を曲がって現れたのは着物姿の母。今でも母は、着物を着て日常生活を送っている。

「紗綾。おかえりなさい。それと……」

「初めまして。八重樫清臣と申します。本日はお時間をいただきまして、ありがとうございます」

母の視線を受けた清臣さんが、お手本のような挨拶を交わす。

母は清臣さんの所作を見届けたあと、ニコリと笑って右手で廊下の奥を示した。

「ようこそいらっしゃいました。古い家ですが、どうぞお上がりになって」

「はい。お邪魔いたします」

そうして私も靴を脱いで家に上がる。

先頭は母。その後ろに、清臣さん、私と続く。

すごい緊張感。母の雰囲気もいつもより断然固い。

客間に通され、私と清臣さんは並んで座った。母は父を呼びに行くといって、束《つか》の間《ま》ふたりきり。

「清臣さん、大丈夫？」

「うん。あ、ここから庭が見える。風情を感じられていいね。綺麗に手入れも行き届いていて。素敵な家族なんだろうなってわかる」

「え。あ、そう……かな？」

緊張してるって言うから心配したけれど、清臣さんは平気みたい。ううん。もしかしたら本当は平気ではないかもしれない。でも、傍目には落ちついて見える。

そこに、両親がやってきた。同時に父の格好を見て驚いた。

シルク素材の象牙色をした、ちりめんの着物。それに羽織まで着用して……明らかに今日のこの場を意識しているのがわかる。

厳かな雰囲気の父を見るのは久々で、さらに緊張が増した。

父は洋装の楽な格好を好んでいて、休日はもっぱら洋服だった。仕事のときと冠婚葬祭には和装を纏う、そんなスタンスだから。

父は清臣さんの正面に座り、母はお茶を出してから父の隣に落ちついた。

「ええと……」

ここは私の実家。私がリードしなきゃ。

そう思って、ちゃんと話すことや伝えることを考えてきたのに、いざとなるとわからなくなる。

あたふたしていたら、清臣さんが座布団《ざぶとん》から降り、両手を畳の上に揃えた。

「半年ほど前から、紗綾さんとお付き合いさせていただいております、八重樫清臣と申します。ご挨拶が遅くなり、申し訳ありません」

清臣さんのお辞儀を全員が注目し、一瞬時間が止まった感覚になる。

私は清臣さんの旋毛《つむじ》を見つめ、胸をぎゅっと掴まれる思いになった。

これは全部演技上の言動だとわかっていてなお、ときめく自分に苦笑してしまう。

「まあまあ、半年前から。そうだったんですか。紗綾ったら、なんにも話してくれないから」

母が反応したあと、ようやく私も口を開く。

「折を見て話そうとしていたんですけど、なかなか……」

「そう……。八重樫さん。どうぞ戻って、足も楽にしてください」

「はい。ありがとうございます」

父の言葉に清臣さんは再び座布団に座ると、にこやかな顔つきで両親と向き合う。

ちょっとの沈黙が、これほどまでに落ちつかないなんて。

内心そわそわしていると、父がひとつ咳払いをして清臣さんに話しかける。

「いきなり失礼とは思いますが……ご年齢とお仕事についてお伺いしても？」

普段の声色とちょっと違う父の様子にハラハラしつつ、隣の彼に視線を注ぐ。

「ええ。もちろんです。わたしは今年三十二になりました。勤務先はこちらです」

清臣さんは父に聞こえやすいようにと思ったのか、はっきりした口調で言って、慣れた手つきで父に名刺を差し出した。

「ＮＷＣホールディングス……？　あの有名な航空会社ですよね？」

母が横から名刺の上部に記載されている部分を読み上げ、丸くした目をこちらに向けた。父もいまだに名刺に釘づけなところを見ると、母と同じ心境なのだろう。

ふたりの気持ちはよくわかる。だって、私も初めそうだったもの。

すると、父が名刺を座卓にそっと置き、清臣さんを見据える。

「グループ総合政策本部本部長というのは……。詳しくはわかりかねますが、八重樫さんのようなお若い方が背負う肩書きにしては、ずいぶんと……」

「補足させていただきますと、我がＮＷＣホールディングスの会長には祖父が、父は取締役専務の役職に就いているのです」

清臣さんが笑顔でさらりと答えた内容に、度肝を抜かれる。

会長と専務……？　清臣さんのお父様とお祖父《じい》様が？　いったい、どういうこと？

私、そんな話聞いていない……！

私まで、両親と一緒に驚いて固まってしまった。

こちらの心境など露知らずの清臣さんは、粛々と説明を続ける。

「ですが、僭越《せんえつ》ながらわたくしの現在の肩書きは実力を評価されたものと自負しております。父や祖父は昔から身内に厳しいところがありまして」

彼の自信に溢《あふ》れた言葉を耳に入れながら、ふと留美の話が頭を過った。

『NWC本社に、とびきりイケメンの後継者が来たとか』……って話をしていた。あの後継者って、まさか――。

「八重樫さんは、将来NWCホールディングスを背負って立つということで？」

私がすぐにでも聞きたい質問を、父が代わりに口にした。

半年間、恋人として付き合いがあり、結婚の話まで出た……という設定の私が、あからさまに彼の回答に食いつき過ぎるのは不自然かも。

かろうじて働いた理性でそう考え、私はチラッと目を向けるだけにとどめた。

「はい。そのような心づもりでおります。ですので、紗綾さんに苦労をさせることはございません。しかしながら、彼女が仕事を続けたいのなら反対しません。彼女が彼女らしく生きていくのをそばで支え、応援していきたいと思っております」

清臣さんを見すぎると怪しまれる。そう思っていたのも秒で忘れて、深々と頭を下げ続ける彼を凝視した。

素晴らしい挨拶なのに、私を含め、両親も浮かない顔つきをしている。きっと、相当驚いたのだ。かくいう私も気持ちの整理が追いつかない。

NWCホールディングスの後継者だっただなんて。清臣さんは、どうして教えてくれなかったの？　単純に言い忘れていただけ？　もしくは、一定期間の婚姻関係を結ぶだけだから、そこまで必要ないかと判断して端折《はしょ》った？

それとも、あえて今日まで明かさずにいたとしたなら……。

脳内でぐるぐると考え続け、おかしな方向に進んでいく。

内緒にしたわけは、私がこの結婚を辞退しないようにと伏せていた……とか。

彼の確信犯的行動だったという話だったら――。

大きな衝撃を受ける。まだ真相はわからない。ただ、今わかっていることはひとつ。

彼が大企業の跡取りだということ。

それを事前に知らされていたなら、私は思いとどまっていたかもしれない。

汗をかいている手を、ぎゅうっと強く握りしめる。

家族の干渉から逃れるために、誰かとの一時的な結婚を望んだのは私。

そして、清臣さんとなら、うまくやりすごせそうだと判断したのも私。

けど――今、この状況下で知ってしまった情報の重さに、自分の決断の甘さと後悔が押し寄せる。

この場で彼は、私の唯一の協力者で共犯者だった。頼るべき人は彼だけ……そのはずだったのに。こんなに大きな隠しごとをしていたなんて。

そうかといって、ここで彼を見放すことなどできない。いくら重要な情報を話してくれなかったからといって、裏切りになる。とにかく、ここは当たり障りなく終わらせて、改めて清臣さんと話し合い、今後どうするかを……。

やっと気持ちの整理がついて平常心に戻れそうな、そのときだった。

父が真剣な面持《おもも》ちで重い口を開く。

「わざわざ挨拶にお越しいただいたのに、こんなことを言うのもなんですが……今回、娘との結婚は考え直されたほうがいいのではないでしょうか」

衝撃的な発言に驚いていると、続けて母も矢継《やつ》ぎ早《ばや》に話し出す。

「そうね。うちもこの呉服屋を、誇りを持って営んでいますけれど……はっきり言って、そちら様のおうちと紗綾とでは釣り合いが取れないと感じます。あとで八重樫さんにご迷惑をおかけすることは避《さ》けたい、というのが正直な気持ちです」

さすがに想定外の展開で、思考回路が一瞬止まる。

私の読みが甘かったの？……ううん、違う。結婚してもしなくても、私をこうして振り回すんだ。もう、いい加減にして。

「勝手すぎる。そんなこと今までひとことも言わなかったじゃない」

唇をわなわなと震わせて突きつけたセリフに、母は目を大きくさせた。しかし、それも束の間で、あたかも〝私のため〟みたいに諭《さと》してくる。

「紗綾。結婚っていうのは、見合った相手というものがあるのよ。これはあなただけでなく、八重樫さんのためにも言っているの」

しかも、私だけじゃ飽き足らず、清臣さんまで引き合いに出して……。

溢れる感情を抑えきれず、その場にひとり立ち上がる。

「あれだけ私に結婚を求めておいて、いざとなったら反対するなんて」

私の反論に、母は瞳を潤ませ、ごにょごにょと言いわけを並べる。

「それは……。結婚してほしいと思っていたのは事実だけれど、慎ましく平穏な幸せを願って言っていただけで」

「慎ましく平穏な結婚が幸せだって考えは、お母さんたちでしょう？　私は違う」

「紗綾」

最後は黙り込んだ母に変わって、私の名前を呼んで制止したのは父だ。

けれど、誰が相手だって、この憤《いきどお》りは収まらない。

「お父さんやお母さんになんて言われようと、私、結婚するから！」

頭にカアッと血が上り、ついさっき彼との結婚を躊躇《ちゅうちょ》したことさえも忘れ、きっぱりと宣言した。

私の勢いに茫然とする両親は、初めて見る表情だった。

それでも私の気が済むものでもなく、また、引くに引けなくなって、清臣さんに声をかける。

「ごめんなさい、清臣さん。今日はもう行きましょう」

堪《こら》えきれずにそのまま客間をあとにしようと、敷居《しきい》に足を向けた。

子ども染みた態度を取っていると、頭の隅ではわかっていた。わかっていても、自分の口から『ごめん』のひとことは出てくる気配はない。

気まずさで後ろを振り返れずにいたとき、ふわっとやさしい香りが鼻孔に届いた。

「すみません。また改めて伺わせてください。本日は失礼させていただきます」

清臣さん――。

彼は私の代わりに両親ときちんと向き合い謝って、私の背中に手を添えてくれた。

冷静でいられたなら、こんなふうに売り言葉に買い言葉で返したりしなかった。それだけ、この数年間溜め込んできた感情が大きくなっていたんだ。

弾みとはいえ、あんな啖呵《たんか》を切ってしまうほど我慢し続けていたのだと思い知る。

無言で実家をあとにして、数十メートルまでは荒い足取りだった。が、急に冷静になって立ち止まる。

ふたりとも、びっくりした顔をしてた。苛立《いらだ》ったのは事実で、自分が言い放った内容に後悔はしていない。ただ、あそこまで感情的にならずに伝えるべきだった。

「具合悪い？　タクシー呼ぼうか？」

清臣さんが俯く私の顔色を確かめるべく、顔を覗き込んでは気遣う。

具合が悪いのではなく、胸が痛い。

私は首を横に振り、呼吸を整えた。その直後、はっとする。

私、とんでもない肩書きを持つ人と常識外れの約束を交わしてしまった挙げ句、それを決定的なものにしたんだ。ついさっき、自らの宣言で。

清臣さんの正体を知り、躊躇する感情が再び湧き上がる。

「話は問題なく……とはいかなかったな」

清臣さんが苦笑交じりに、ぽつりとこぼした。

『うちは問題なく話は済むと思いますが』と簡単に返した自分を思い出し、居た堪れなさが襲ってくる。私は即座になにも返せなかった。

「予想外続きだったってところか」

彼の言う通り、予想外もいいところだ。電話した際の母の反応も結婚への反対も。

そして、彼が大企業の次期後継者らしいということも。

「両親の反応も確かに予想外だったけれど、一番は清臣さんのご実家の話が」

少し落ちつきを取り戻した私は、清臣さんを見上げて言った。

彼の表情は、特段変化が見られなかった。それはもう、彼のデフォルトだから想像通りといえば、そう。

だけど、咄嗟に気まずさとか動揺とか、弁解も謝罪もないところを見れば、つまり彼は……。

「わざと私に教えてくれなかったんですか？」

眉を顰めて問いかけた。

清臣さんは私から目を逸らさず、まっすぐにこちらを見て答える。

「どうしても結婚したかった」

「どうしても……って。だからって」

それほど切羽詰まった感情は共感できる。周囲から結婚を急かされることほど煩わしいことはない。私はそんな日常から解放される、ちょうどいい相手だったのも理解はしていたつもり。かといって、こんなふうに人を騙《だま》すみたいな……。

私は唇をきゅっと結び、視線を逸らした。

「ごめん。だけど、紗綾にも俺の家業のことを質問する時間はあったはずだ」

「な……っ」

反論したい気持ちはある。なのに、それができないのは、彼の言うことに一理あると思ってしまったせいだ。

清臣さんは、着々とこの結婚に必要な事項を挙げ、対応していた。私は彼の話や意見に頷くだけで、きちんと現実的に捉えられていなかった部分があった。

清臣さんから戸籍などは見せてもらったものの、家族についてはざっくりとしたことを聞いただけだった。あのとき、もっとちゃんと、一時でも結婚する相手だからと真剣に考えていたなら、気づけたことだったかもしれない。

そう思うと、返す言葉もなくなる。

力なく肩を落とす私に、清臣さんは宥《なだ》めるような声で言う。

「なにも紗綾に会社を継いでほしいという話ではないし、結婚と言ったたって紙切れ一枚の話だ。俺たちの場合は一定期間の契約だろう？　そんなに大きな問題だろうか」

彼の真剣な眼差しに引き込まれる。

清臣さんって、話術に長《た》けてるというか……落ちついている口調で説明されると納得してしまう。

「あと、さっき紗綾がご両親に『結婚するから』と宣言してきた手前、すぐに俺以外の男性を探すのは不自然になると思う。今回のことで、よりご両親が介入してきて面倒なことになるかも」

冷静な視点からの言葉に、もはやぐうの音《ね》も出ずうなだれた。

「う……。それはおっしゃる通りで……」

胃が痛い。こんなややこしい話になったのは、すべて自分のせいだなんて。

後悔なのか反省なのか、今自分の中に残る感情をはっきりできずに悶えていると、視界に清臣さんの右手が映り込んできた。

その手を辿るように、ゆっくりと目線を上げていく。

「俺は次にご両親と会ったとき、認めてもらう自信はある。ちゃんと紗綾が求めていた結果を出すと約束する」

ずっと、彼の根本的な性格は淡々としているのだろうなと思っていた。だけど今、私の目に映るのは、熱を孕《はら》み、決してぶれない瞳だった。

私は彼の熱に絆《ほだ》され、おずおずと手を取る。彼は握手を交わして言った。

「とりあえず、どこかへ移動してスケジュールを組み直そうか」

彼の誘いに小さく「はい」と返し、並んで駅に向かって歩き出した。

それから、さらに一週間後。

清臣さんは私と一緒に再び実家を訪れ、こう話した。

『結婚は当人同士だけでなく、家族、ひいては家同士が繋がることと重々承知しています。わたしの家族は今回の紗綾さんとの縁を大変喜んでおります。どうか、NWCではなく八重樫家を――わたしを見て、寛大なご判断をいただけませんでしょうか』

そう懇願する清臣さんは、終始真摯《しんし》な態度で誠実な言葉を紡ぎ続けた。

その結果、両親は不安が和《やわ》らいだのか、前回とは違い穏やかな面持ちで結婚を承諾した。

彼は両親との二度目の対面で、私との約束を確かに果たしたのだった。

3. 急展開からの急転

私の実家へ挨拶が済んだあとのこと。

清臣さんが同月内にご両親との対面の場をセッティングした。

場所は彼の実家ではなく、ご両親が贔屓《ひいき》にしている高級フレンチレストラン。

初め場所を聞いたときは、歓迎されていないから自宅へ招かれないのでは、と思った。でも、清臣さんがそれを否定した。単純に『大切なお客様と美味しいものを食べに行きたい』といった気持ちからの行動らしい。

そう聞いてはいても、心から安心できるはずもなく、入社試験並みに緊張してその日を迎える。

私は服装に迷った末に訪問着を選んだ。清臣さんにレストランの雰囲気を教えてもらい、ご両親にも了承いただいて決めたことだ。

彼の肩書きを知ったからという理由ではなく、単純に『彼のご両親と食事』というシチュエーションに見合う服装がわからなかった。その点、着物ならこれまで両親や祖母を見てきたため、それなりにわかる。

今日の約束はランチの時間帯。レストランは清臣さんから聞いていた通り、ラグジュアリーホテルなどではなく、少し大きな一軒家のお店だった。

洋風の洒落た建物に入ると、室内の雰囲気もまるで欧州にいるかのよう。エレガントな印象の照明や、手すりまで凝ったデザインの椅子。格子の窓から覗く庭には、ピンクや黄色のバラが鑑賞できる。

私が店内に意識を奪われている中、清臣さんはスタッフと話をして、奥の個室へと案内される。私たちは、一度スタッフが退室したタイミングで目を見合わせた。

「なんだかこのお店だけ、別の時間が流れてると思うくらい穏やかな雰囲気」

「ああ。料理も美味しいから期待してて」

この内外装から、さぞ美味しく素敵な料理が出てくるのだろうと容易に想像できる。

私は席に着く頭もなく、ただ夢中でシャンデリアや壁にかかった絵画を見たり、窓からの景色を見たりしていた。

すると、出入り口付近から人が近づいてくる気配を感じ、背筋を伸ばす。

「失礼いたします。お連れ様をご案内いたしました」

スタッフの案内のあと、姿を現したのは清臣さんのお父様とお母様だ。

ブラウン色のスーツを着こなすお父様は、どこかカリスマ性を感じさせる。一歩後ろにいるお母様もまた、控えめに立っているにもかかわらず、どこか存在感を放つ綺麗な女性だった。

「すまない。待たせたかな」

私はお父様の貫禄《かんろく》のある雰囲気に、たちまち委縮《いしゅく》した。

「いや。俺たちも今来たところ」

清臣さんが答えると、どちらからともなく着席したため、私もみんなに倣《なら》って腰を下ろした。その後、スタッフがテーブルまでやってきてオーダーの確認をし、部屋を出たあとに清臣さんが口を開く。

「早速だけど、紹介するよ。彼女が紗綾さん」

「初めまして。つ、椿紗綾と申します」

頭を下げながら、自己紹介すらもスムーズに言えなかったことを嘆く。

「清臣の父です。着物がとてもよくお似合いだ。なあ？」

「ええ、そうですね。私は清臣の母です。それにしても、本当に素敵なお着物。清臣から聞いていますけれど、ご実家が呉服屋さんでいらっしゃるのよね」

ご両親のやさしい雰囲気に少しほっとして、頭を上げる。

「はい。この着物も昔、母に見立ててもらったもので」

「着付けもご自身で？」

お母様は興味を持ってくれたのか、前のめりで質問をしてくる。関心を持たれないよりは会話がしやすい。

「はい。高校生の頃に習い始め、今ではこうして自分で着られるようになりました」

「まあ。ぜひ私も教えてもらいたいものだわ」

こう言っては清臣さんに失礼だけれど、お母様は彼と違って表情が豊かな人だ。

その後、順番に料理が運ばれてきて、舌鼓を打ちながら清臣さんたちの話に耳を傾ける。きっと、清臣さんは自分が積極的に会話をすることで、なるべく私に負担をかけないようにしているのかもしれないと思った。

すると、ふいにお母様が私に目を向けた。

「そういえば、紗綾さんはXZAL社系列のグランドスタッフなんですってね」

ギクッとした。想定していた話題とはいえ、やっぱり緊張する。

「はい。今年で七年目になります」

笑顔でなんとか返しながら、密《ひそ》かにお父様の反応を窺う。お父様は伏し目がちになって、メインのお肉を口に入れていた。

気づけば、私を含む全員がお父様に注目している。

お父様はカトラリーを置き、水を飲んでからゆっくりと私を見る。

「GSやCAなどの訓練は、どの企業も共通して大変だ。それを乗り越え、七年も続けているということは、並大抵の努力ではない。素晴らしいよ」

——清臣さんに似ている。

目尻に皺を作り、唇に薄っすらと笑みを浮かべるお父様を見て、一番にそんな感想が浮かんだ。すぐにはっと我に返り、あたふたとお辞儀をする。

「あの、身にあまるお言葉で……恐れ入ります」

お父様からは、一切敵意など感じられない。ライバル会社のグランドスタッフだと明かしても、嫌な顔をするどころか認めてくださる寛大さには衝撃を拭えない。

「紗綾、お世辞じゃないよ。父はよくも悪くも正直だって社内でも言われているくらいなんだ」

茫然とする私に、清臣さんがそう言った。すると、お母様がにこやかに続ける。

「頭の先からつま先まで、三百六十度美しく見えるような動き方を学ぶのでしょう？紗綾さんは、さらに着物を着たときの所作やマナーも習得していると見受けられるわ。彼女なら八重樫の嫁として、すぐ公の場に出しても心配なさそうね」

『八重樫家の嫁』というワードに重責を感じる。

「なにより、純粋な心を持つ目をしてる。清臣が結婚相手を連れてくるのを我慢強く待っていた甲斐があったというものね」

お母様が嬉々《きき》として言うものだから、申し訳なさが先立って咄嗟に俯いてしまう。

一定期間とはいえ、私は彼の助けになるような妻を演じきれるのだろうか。

「母さん。あまり今から彼女にプレッシャーをかけないでほしい」

「紗綾さん、気を悪くしないでくれ。妻は心から君を歓迎しているだけなんだ」

清臣さんとお父様が口を揃えてフォローしてくれ、私は「はい」と微笑み返す。

胸の奥がチクチク痛む。私たちが本当の恋人同士だったら、心から安堵して笑い合う場面だっただろう。だけど、現実はそうではないから……。

私、こんな素敵なご両親を裏切っている。

良心の呵責《かしゃく》に苛《さいな》まれていると、清臣さんがご両親になにかを差し出していた。

「だったら、これ。今日書いてくれるよね」

「なんだ？」

お父様が不思議そうな声を漏らし、一枚の紙を受け取る。

私もそれがなにか、すぐにはわからなかった。が、よくよく見ると、裏から薄っすら透けて見える文字に見覚えがある。

私の筆跡……？　あれって、婚姻届じゃない！

「証人欄に署名をお願いしたいんだ」

「き、清臣さん、なにもそんなに急がなくても」

着々と話を進める清臣さんを横目に、思わず慌てて口を挟んだ。すると、その場で笑い声があがる。お父様だ。

「ははは。好機を逃すな――か。わたしがよく使う言葉だ」

肩を揺らして笑ったあとに、お父様はさらっと署名をしてしまった。

これほどまで、すんなり認めてもらえるとは思いもしなかった。

用意周到《よういしゅうとう》といえば、聞こえはいい。だけど、あまりにこれまでの彼の言動が能率的で、正直ついていくのがやっとだった。


そして清臣さんのご両親への挨拶を済ませた、数日後。

私はすでに清臣さんの部屋での生活をスタートさせていた。

怒涛《どとう》の展開に自分でも信じられないけれど、それらの準備はすべて清臣さんが買って出て、結納同日に婚姻届を役所に提出したという顛末《てんまつ》。彼はすべてを、私と出逢ってから一か月以内に終わらせたというわけだ。

結納のあとすぐ入籍なんて、普通だったらありえないとわかっている。でも、すでに私たちの始まりはありえないことだらけで、感覚がマヒしてしまったかも。

それもこれも全部、清臣さんの行動力の結果だ。あまりにスピーディーな展開だったせいか、結婚をしたっていう実感が持てないまま、今に至る。

起床した私はリビングのテレビをつけ、天気ニュースを眺める。

今日から梅雨《つゆ》入りかあ。確かにパッとしない空だ。

「おはよう。どうかした？」

窓の外を眺めていたら、背後から声をかけられる。振り返ると、ワイシャツ姿の清臣さんが立っていた。

「おはよう。今日から梅雨入りだって、今テレビでやってて」

「もうそんな時季か。梅雨前に引っ越しが済んでてよかったな」

「確かにそうかも。あ、私準備急ぐね」

掛け時計を見て、出勤時間が迫っているのに気づき、自室へ足を向ける。西向きで日当たりのいい、あの部屋だ。

自分の部屋に入り扉を後ろ手に閉めて、大きなデスクにそっと手を置いた。

ここへ引っ越しをしてきた日。清臣さんは本当にベッドを破棄したらしく、このデスクだけが部屋に残されていた。

今度は自分が持ってきたベッドを見つめ、ぼんやり思う。

自分のベッドはあったから、なくても困りはしなかった。ただ単純に、あのベッドはなぜ用意されていたのかが疑問だ。

ゲスト用かな……？　あのベッドもデスクと一緒で質のよさそうなベッドだった。私がここへ来ることによって処分させてしまったなら、悪いことをしちゃったな。

ふと我に返り、出社時間が迫っている現状を思い出す。

私はバッグに必要なものを入れ、部屋を出た。玄関へ向かう前にリビングにいる清臣さんに声をかける。

「じゃあ、先に出ます。まっすぐ帰宅する予定だから、夕食は一応二人分作っておくね。でも外で食べるなら、それはそれでいいから」

「ああ。いつもありがとう。行ってらっしゃい。気をつけて」

ソファですらりとした足を組み、新聞を読んでいた清臣さんが、新聞の端から顔を出してそう言った。

こんななにげない日常に、たびたびドキッとしてしまう。

平静を装い、玄関を出てエレベーターに乗る。天井を見上げ、左胸に手を添えた。

共同生活……やっぱりまだ慣れないなあ。清臣さんみたいなキラキラした男性と一緒にいると、意識しちゃいそうなときがあるもの。実のところ、敬語を使わないようにしているのも結構頑張っているし。

「ふう」と息を整え、胸に置いていた手を元に戻す。エレベーター内の表示ランプを見つめた。

まあ、まだ五日目だしね。でも新婚生活は、思いのほか居心地は悪くない。

それぞれの部屋があるし、造りがしっかりしているからお互いの生活音もさほど気にならないし。なにより、航空会社に勤めている人だから、早朝に出勤したり帰宅が零時前後だったりするシフトも後ろめたさを感じずにいられる。

一階に到着し、エレベーターを降りてロビーを抜けた。

相変わらず綺麗をキープしたマンション共用部を眺め、なんとなく隅を歩いてエントランスを出る。外の空気を吸ったら、肩の力が抜け落ちた。

とはいえ、こういう高級感のある生活は、ずっと慣れる日は来なさそうだ。

通勤経路はもうすっかり馴染《なじ》み、違和感なく出社した。

ロッカールームで着替えをしていると、明るい声が飛んでくる。

「紗綾、おはよ！」

朝六時だというのに、眠気を一切感じさせないシャッキリとした留美に、こちらも元気をわけてもらう。

「おはよう。今日は留美もシフト一緒だったんだ」

「そうよ～。休憩時間も同じだといいね。そしたら一緒にお昼食べよ」

四個隣のロッカーを開け、留美も素早く着替えを始める。

先に着替えを終えていた私は、次に髪をひとつに束ねた。すると、留美が足元を気にしながら口を開く。

「そろそろパンプス替えどきなんだよね。次、狙ってるシューズブランドがあるの。思い切って買っちゃおうかな」

私たちの仕事は足をよく使う。一日に一万歩以上は軽く歩くから、靴もものによってはすぐにだめになってしまう。

「いいね。そういえば、私もしばらく取り替えてないなあ。私はつい同じものを選んじゃうんだよね。履き心地とかわかってて安心だから」

ちなみに私は、入社当初はコストパフォーマンスを重視して選んでいたタイプ。しかし、結果的に質のいいものを購入したほうが足も疲れないし、靴もそう簡単にはくたびれないことを知り、それなりの値段を出して買っている。

「あ、なんか納得。紗綾は基本冒険しないタイプっぽい。たまに使う社食とかでも、オーダーするもの大体決まってるし」

「言われてみれば……確かにそうかも」

留美の指摘に苦笑し、一緒にロッカールームをあとにした。


今日は特に大きなトラブルもなく、無事に業務を終えられた。

留美とは休憩は別だったけど、帰り際にまたロッカールームで一緒になった。

そのままふたりで歩き、駅に入ったあと、留美が不思議そうに尋ねる。

「あれ？　今日はどっか寄り道？」

そうだ。引っ越したことは会社に申請しただけで、ほかは誰にも話していない。

「あっ……。うん。ちょっと……人と約束してて。留美も？」

「私はパンプス買いに行こうかなって。明日遅番だしさ。渋谷《しぶや》辺りまで」

ぎこちない受け答えをしちゃったと思ったけれど、留美は気にしていないみたい。

少しほっとはしたものの、まだ心臓がドキドキいっている。

「そうだったね」

笑顔を作って返すと留美にジロジロと見られ、さらに心拍数が増す。

「それより紗綾、怪しいなあ。約束って彼氏だったりして」

にんまり顔で突っ込まれ、冷や汗が滲んできた。

相手は同期で、今や親友といってもいいほど仲がいいと思っている留美だ。そんな彼女に嘘をつくのは心苦しい。しかし、『結婚した』と話せば、必ず相手はどういう人かと聞かれる。すると、NWCの跡取りだということも知られてしまう。

それは私的に非常に困る。私が結婚を急いだ理由は、あくまで家族の干渉から逃れたいから。現状はそれだけだ。離婚を予定しているからなおさら、周囲には伏せておきたい。だからこそ、清臣さんにもお願いしたのだ。

『結婚相手の素性は、お互いに職場では伏せておきましょう』と。

「う、うん……まあ、そんな感じ……かな？」

どう答えるのがベターかと考えた結果、あえて全否定をせず、そういう存在はいる、という設定にした。そのほうが、今後自分の行動に嘘を重ねずに済みそうだ。

「ええっ！　本当に？　いつの間に～！　いくつ？　なにしてる人？」

留美は食い気味に質問を重ねてきた。こうなるのは想定済み。彼氏がいると言っただけでこの圧なら、結婚したと言っていたらどうなっていたか……。

「五個上で……会社員してる人」

このあたりは答えやすい。詳細はごまかし、あとは清臣さんについて話せばいい。

「へえ～。五つかあ。うん。なんとなく紗綾に合ってる気がする、年上の彼氏！　紗綾はしっかりしてるから年下もいけなくはないと思うけど、それじゃ紗綾が休めないでしょ。彼氏の前でくらい、頼って甘えたほうがいいと思うー」

「な……なるほど？」

私は昔から『しっかりしてるね』と言われてきた。そうかといって、自分ではいまいちピンと来ない。さらには彼氏の存在ももう五年ほどなかったのもあり、彼氏に頼るとか甘えるとか言われても想像できず、気恥ずかしくなるだけだ。

改札を通り、ホームに向かう通路を行きながら留美は笑って続ける。

「ま、年齢だけじゃわからないけどさ。年上でも、恋人そっちのけで自分のことだけっていう精神年齢低めの人もいるだろうしね」

無意識に清臣さんを頭に浮かべて聞いていた。

彼は年齢相応……どころか、もっと年上かと思うくらいに落ちついている。跡取りについては自分の都合で伏せられていたものの……それ以外はちゃんと私を気遣ってくれている。

「写真とか撮ってないの？　見てみたいな～」

「ないよ。私も……彼も、そういうタイプじゃないから」

これは事実。『一緒に写真でも撮ろう』なんて、誘い誘われるシチュエーションがまったく浮かばないもの。

ホームで足を止めた際、私は真剣な気持ちで留美に頼み込む。

「あの、だから留美、この話は会社では」

「わかってるよ。こう見えて口は堅いの」

得意げに口角を上げる留美を見て、ほっとする。

「ありがとう」

それから、私たちは同じ車輌に乗る。

留美は途中で乗り換えのために下車し、私は彼女に手を振って別れた。

最寄り駅に着いたあとは、帰り道にあるスーパーに立ち寄って帰宅した。

清臣さんのマンションに到着したのは、午後五時半前。

同居にあたり、清臣さんは自宅にあるものはすべて好きに使って構わないと言ってくれた。それで、私が真っ先に使わせてもらったのはキッチンだった。

あれだけ立派なマンションだ。当然キッチンも広くて機能的で、雑誌に取り上げられそうなお洒落さに、初めこそ躊躇した。

新築みたいな綺麗さに戸惑ったのも束の間、もしかして清臣さんは料理をしないだけなのではと気づいた。鍋やフライパンは新品そのものだったし、食材もこれといって見当たらなかったから。

大方、コーヒーや紅茶など、飲み物程度で利用しているのだろうと察した。

そうなると、彼のぶんの食事を作ろうかどうしようかで悩んだ。そこまで介入《かいにゅう》する必要はないかもしれないし、そうかといって同じ家で暮らしていて、形だけとはいえ夫婦になったのに、わざわざ孤食生活を送るのはどうなのか、と。

結局、断られたらそれでおしまい、と勇気を出して提案してみた。すると、彼からは『料理をしないから助かる』と受け入れてもらえたのだ。

なので、それからは私が二人分の食事を用意するのが日常となった。

とはいえ、私が越してきて実質まだ十日も経っていない。当然、清臣さんの嗜好《しこう》もよく知らない。今日も結局、自分好みの献立にしてしまった。

まずはナスとピーマンの大葉入り味噌炒め。オクラの浅漬けと、メインはささみチーズカツ。あとは野菜のお味噌汁。

味噌炒めとカツはお弁当用に少し取りわけて、残りはそれぞれのお皿によそう。

そこまでできた段階で、時刻を確認する。今は午後六時半を回ったところ。

清臣さんは今日何時に帰宅するんだろう。連絡先は知っていても、こんな大した用でもないことで気軽に連絡できない。

スマートフォンを手に悩んでいると、ポン、と着信通知の音がした。

清臣さんだ。すごくいいタイミング。

【あと十分くらいでマンションに着くよ】

十分……じゃあ、それまで私も食事はせずに待ってよう。

〝了解〟のスタンプを送り、ふと帰ってきた直後の自分の行動を思い返す。

そういえば私、両手に荷物を持っていて、靴を揃えてなかった気がする。

慌てて玄関に確認しに行くと、案の定、脱ぎっぱなしの状態になっていた。

私は膝を折って、パンプスを端に揃える。

あ、そうだ。職場のパンプスの替え、買っておかなくちゃ。ネットショップで買っちゃおうかな。

そうしているうちに、清臣さんが帰宅した。

その後、夕食をともにし、私が食洗機に洗い物をセットしている横で、清臣さんがワイシャツを腕まくりして食後のコーヒーを淹《い》れてくれた。

容姿端麗な人はコーヒーを淹れているだけで絵になる。

うっかり見惚れていたのに気づき、慌てて視線を手元に戻して話を振る。

「あの。苦手なものがあったら、事前に教えてくれれば避けるから。今日も大葉とかオクラとか……わりと好み割れるものだったし」

「ん？　苦手なものは特にない。それに、紗綾の料理はどれも本当に美味しい」

「そ、そう……」

短い付き合いだけど、今の言葉に嘘はなさそうだとなんとなく感じられる。

ストレートに褒められ、照れくささをごまかすべく、手早くシンクに残った食器を片づける。すると、カップを両手に持った清臣さんが言った。

「コーヒーを飲みながら、ちょっと相談ごといいかな」

「……うん」

そこまで緊迫した声ではなかったから、深刻な相談ごとではないはず。そう思っていても、内容を聞くまで多少は緊張する。

私たちは、再びダイニングテーブルに向かい合って座った。

清臣さんは余計な前置きなしで、単刀直入に言う。

「来月、取引先でレセプションパーティーがある。紗綾に同行してほしい」

「レセプションパーティー……？　ちなみに、どちらの？」

聞いてもわからないかもしれない。だけど情報量が少ないうえ、なにから質問したらいいのかわからない。とりあえず、気になった事柄を口に出していくしかない。

「空港直結の『スカイシアイルホテル』。リニューアルオープン前の催しだよ」

スカイシアイルホテル？　空港直結だもの。当然私も知っている。

「それって、うちの本社の人たちも参加していそうだし……ちょっと厳しいかも」

子会社に所属する私の顔を知っている人は、ほとんどいないとは思う。だけど、もしも気づかれたら面倒なことになる。

私がやんわり拒否すると、彼はめずらしく肩を落とした。

「うーん。そうか……弱ったな。絶好のタイミングだと思っていただけに」

「絶好のタイミング……？」

復唱すると、清臣さんの双眼が私を捕らえた。

「元々俺が紗綾と結婚した理由。周囲からの『結婚は考えてないの？』が煩わしいって話、忘れた？」

清臣さんに確認され、はっとした。

つい自分のことばかり考えてしまって、清臣さんの立場を二の次にしていたかも。

心の中で反省し、肩を竦める。

『結婚しました』って個々に伝えるくらいじゃ、正直即効性がない。約一年間という期限がある関係だから、できるだけスピーディーに結果を出したい」

清臣さんの主張は今回も真っ当で、反論できない。

「今回のパーティーに一度だけ参加してくれれば、それでもうパートナーがいるって認識が広まるから手っ取り早いんだ。このくらいの規模のパーティーが次いつ行われるか、はっきり決まっていないし」

今回断ったあとに同じようなチャンスが巡ってこなかった場合、責任を取れない。

私は下を向き、手をぎゅっと握りしめる。

「……わかった。今回だけ」

「本当？　すまない。ありがとう」

彼がわずかに頬を緩めたのを見て、胸がきゅんと鳴った。数秒後、我に返る。

違う。今のは特別な感情ではなくて……そう！　普段クールな清臣さんが一瞬柔らかい表情を見せたから！　それだけ！

気持ちを落ちつかせるのに、コーヒーを口に運ぶ。少し落ちついたところで、ふと考えた。

「あ、でもそういう場に相応しい服とか、多分持ってないかな……。そういうパーティーでは、どういう格好が望ましいの？　参考までに教えてくれたら助かるな」

「なら、一緒に選びに行こう。ちょうど明日休みだろう？　なにか予定ある？」

「えっ。いや、ない……けど」

思いも寄らない方向へ話が進み、思わず戸惑った。

男性と服を選びに出かけたことがない。今回、目的はそれのみだから、余計にプレッシャーになりそう。決まるまでずっと私に付き合わせるわけだし……。

「えっと、なにか参考になる画像とか送ってくれたら、買い物は私ひとりでも」

「画像は紗綾が着てるわけじゃないだろう。直接見たほうが効率もいいはずだ」

結局その後も、やんわりと遠慮するも伝わっているのか伝わっていないのか、すべて諭されて終わる。

明日は、否応なく清臣さんとショッピングをすることとなったのだった。

翌日、私は今日の服装のことで悩みに悩んでいた。

デート……になるよね？　一応夫婦なわけだし。夫婦デート。なのに私ってば、パーティー用の服はおろか、デートっぽい服もないかもしれない。

結局悩んだ末に、シンプルな黒のカットソーに、グレーのウインドウペン柄ロングスカートに落ちついた。

あまり華やかにしすぎると、気合いが入っていると思われるかもしれないし、そうかといってラフな格好もどこへ行くかわからないだけに気が引ける。

そのため、普段のオフィスカジュアルに近い雰囲気と、シックな色合いにしたという感じ。あとは細いチェーンのひと粒パールのネックレスをつけ、髪を軽く巻いて少し華やかに見えるよう工夫した。

清臣さんの隣に並ぶと思ったら、身だしなみチェックも入念になるというもの。

だって、やっぱり清臣さんは人目を引く男性だから……。

支度を調えた私たちは、リビングで会話を交わす。

「好きなブランドはある？」

「うーん。カジュアル系ならお気に入りのショップはいくつかあるけど、フォーマルっぽい商品はあまり揃ってなかったような……。今まで友達の挙式は着物だったから、よくわからなくて」

私は苦笑交じりに答えながら、気づかれないように清臣さんの姿を鑑賞する。

清臣さんのコーディネートは、清潔感のある白いシャツに、ダークグレーのセットアップ。着飾っていない感じなのに、素敵に見えるから不思議。やっぱり、その九頭身近いスタイルと、整った目鼻立ちだからだよね。

気づけばこっそりなんかではなく、堂々と見惚れていた。すると、清臣さんは首を捻り、その後なにか閃いたのか眉を上げた。

「ああ、そうか。なら、今回も着物がいいか。うちの両親との食事のときも着物でよく似合ってたし。それなら早速、紗綾のご実家の店に」

「えっ。ううん。うちへの気遣いは大丈夫。それより清臣さんの都合を優先して」

慌てて拒否しながら、このやりとりがどことなく本物の夫婦っぽいと感じ、ひとり照れくさくなった。しかし、清臣さんは特別態度が変わるわけでもなく、恥ずかしがる様子もなく言う。

「俺は紗綾が着たいものを選んでほしい」

そうまっすぐな瞳で言われると……胸がくすぐったくなる。

私は視線を軽く落とし、両手をもじもじさせながら、ぽつりと返す。

「洋装がいいかな……。その、ずっと着物しか着てこなかったから」

着物は着物で素敵だと思っている。けれど、友人の結婚式では参列した子たち全員が可愛らしいドレスを纏っていて、自分だけが浮いているように感じたのも事実だ。

母や祖母は、晴れ着を着る機会は今の時代そうそうないから、と結婚式に出席する際には前のめりで私の着物を選んでいた。それを一度も断れなかったから、結局いまだにフォーマルパーティーでドレスやセットアップを着たことがない。

そのぶん、社会人になってからはファッション雑誌を欠かさずチェックしながら、私服に少々こだわっている。単なる自己満足ではあるけれど。

「わかった。よし、出かけよう」

顔を上げると、清臣さんは唇に薄っすらと笑みを浮かべていた。相変わらず清臣さんの笑顔は〝レア〟なため、一瞬反応が遅れた。

先にリビングに出る彼の手にあるものに気づき、思わず問いかけた。

「車……？」

「ああ。言ってなかった。地下駐車場に車があって、休日にときどき運転している」

落ちついて考えたら、車を持っていたって別にめずらしいことでもない。ただ、車で移動するって頭になかったから驚いてしまって。前に水族館に行った日は公共交通機関だったのもあって、そう思い込んでいた。

そっか。車で……ふたりきり……。

得も言われぬ緊張に襲われ、ぎくしゃくしながら頭を下げる。

「あ……じゃあ、今日はよろしくお願いします」

すると、頭上に「ふっ」と短い笑い声が落ちてきた。私は瞬時に姿勢を戻す。

「はい」

清臣さんが目を細め、そう答えたシーンが、その後もしばらく印象に残っていた。


彼の車は、国内自動車メーカーが展開している高級ブランドの車だった。

色はパールがかったホワイトというシンプルなもの。主張するカラーではないあたりは、なんとなく清臣さんらしい。

その車を走らせ、連れてきてくれたのは表参道《おもてさんどう》。

パーキングに車を止めて、彼が『まず』と勧めてきたのが、世界共通のハイブランドショップだった。

この辺りを訪れたことはある。だけど、ハイブランドショップのブティックには入ったことがない。私のお給料じゃ、買えてもせいぜいコスメくらいだもの。ショーウインドウ越しに眺めて終わりだ。

躊躇いつつも、清臣さんについていく形で入店した。

店内はショーウインドウ越しに見るより、ずっとキラキラしている。足元はふわっとした絨毯《じゅうたん》。アクセサリーや小物などがディスプレイされているガラスケースも曇りひとつなく、ピカピカだ。お店の中に入る理由を作ってもらい、付き添ってもらっている今しか、まじまじとゆっくり見て回ることなどきっとできない。

私は店内の商品だけでなく、スタッフやお店の雰囲気、什器《じゅうき》などすべてに興味津々だった。

「いらっしゃいませ。お探しのものがございましたらお手伝いさせていただきますので、どうぞお声がけください」

女性スタッフは聞き取りやすい声で言い、親しみやすい微笑《びしょう》を浮かべた。

清潔感のある髪型、メイク。もちろん服装もきっちりとしていて乱れひとつ見当たらない。

私の悪いくせだ。休日に外でレベルが高い接客を受けると、つい自分の職場と比べてしまう。そして、自分の仕事ぶりを見つめ返すのだ。

「お決まりでしょうか？」

無意識にスタッフを見つめすぎていたみたい。重ねて尋ねられ、慌てて答える。

「ええと、今度……夫、の」

『夫』と自分で口にしておいて、ものすごく恥ずかしい。しかも、その本人が隣にいるっていうのが、さらに羞恥心を煽《あお》る。

しかし、平静を装って言葉を続けた。

「取引先主催のパーティーがあるので。その際に着られる服を探しています」

すると、スタッフの女性がにっこりと笑顔を返してくれた。

「パーティー用の装いですね。でしたら、この辺りの商品はいかがでしょうか」

そうして、店内の奥のほうへ案内される。

そのスペースに陳列されている洋服は、ハンガーラックにぎゅうぎゅうにかけたりはせず、商品と商品との間がゆったりとして表向きに並べられていた。

そのため、ハンガーを手に取らなくても商品のデザインがひと目でわかる。

「わ……素敵な服がたくさん」

「気になる商品がございましたら、ぜひご試着くださいませ」

スタッフはお辞儀をしたのち、私たちから少し距離を取った。私も軽く会釈をし、陳列されている商品を眺める。

「どう？　好きな服、ありそう？」

「うん。中でも、これが好きかなあ」

真っ先に目に飛び込んできた、綺麗なベビーピンクのミディ丈ドレス。

普段からパステル調のカラーが好みだから、この色も好き。一番に目に留まったくらいだ。二十代後半の私が着ても上品に見られそうな色合いだ。色だけでなく、形もとてもいい。

Vネックになっているデザインはどことなくクールさもありつつ、けれど、襟《えり》にはさりげなくレースがあしらわれて甘い要素も含まれている。

「じゃあ、試着させてもらおう。他は？」

「うーん。どれも素敵だからなあ……あっ。清臣さんの好みはないの？　今回は清臣さんの仕事にも関わる話だし」

隣に立つ清臣さんを見上げて問いかけると、彼は間髪《かんぱつ》いれずに返してくる。

「特には。紗綾が好きなもので」

「そんなこと言って、もし私がTPOにそぐわない服を選んだらどうするの」

「それは百パーセントない。大丈夫」

お世辞《せじ》とか適当に合わせてるとかいう雰囲気ではなく、彼は本心からそう言っているというのが伝わってくる。

信用してくれている……のかな？　投げやりに回答されたわけじゃないから、むしろちょっとうれしい感じがする。

その後、清臣さんがさっきのスタッフに声をかけ、試着させてもらう。

スタッフがフィッティングルームのドアを閉める直前、私に小声で言った。

「今日の服装は、リンクコーデなど意識されていたのですか？　お連れ様もグレーのお洋服だったので」

指摘されて初めて気づいた。無意識に清臣さんに目を向け、途端に顔が熱くなる。

「いえ。あの、偶然です」

「そうだったんですね。失礼いたしました。ですが、カラーだけでなくおふたりのコーディネートの雰囲気も合っていて、とても素敵です」

「あ……ありがとうございます」

ぎこちなくお辞儀をしたのち、ドアが閉められる。私はひとりきりの空間で、大きく息を吐いて脱力した。すぐ横の大きな鏡に映る自分と視線がぶつかり、頬が薄っすら赤くなっているのに気がつく。

この程度のことで狼狽えてたら……今度同行するパーティーでどうするの。

鏡の中の自分に向かって、心の中でそう諭す。

私は熱くなった頬を冷ましてから着替えを終わらせ、ドアの隙間《すきま》からおずおず姿を見せた。

先に声をかけてくれたのは、スタッフだった。

「とてもよくお似合いです！」

「そうでしょうか……？」

スタッフが開口一番、両手を合わせてストレートに褒めるものだから、気恥ずかしくなる。

近くで待っていた清臣さんに、ちらりと視線を向けた。一瞬パチッと目が合っただけで、私は咄嗟に顔を背けた。

清臣さんが生暖かい眼差しを向けているのではないだろうかと、途端に落ちつかなくなる。

やっぱり、服に着られている感じが出ているのかも。この服自体が垢抜《あかぬ》けていても、着るのが私だと……。せめて仕事用のパンプスくらいのヒールがあれば、見栄えがちょっと変わったかもしれないのに、今日のはヒールが低めの靴だ。

「サイズ感や着心地など、いかがですか？」

スタッフがにこやかに尋ねてきたので、私も慌てて笑顔を作って答える。

「あ……とてもいいです。ピシッとして見えるのに、柔らかくて軽くて。シルエットも綺麗ですし」

私はフィッティングルーム内の大きな鏡に向かって、背中を映すように身を捩《よじ》る。

ウエストから流れる裾《すそ》はAラインで、ドレープが絵に描いたように美しい。きっと、どの角度から見ても同じシルエットになるように計算されて作られていると、試着して気づいた。

「ありがとうございます。お客様のおっしゃる通りで、こちらのお洋服はウエストの切り返しから裾に向かってのラインが綺麗に出るようにと、専属デザイナーが生地からこだわって作った商品です」

スタッフは嬉々として説明してくれた。

専属デザイナーがこだわって……。確かに、そういう服だと感じられる。

すると、清臣さんがスタッフに向かって話しかける。

「すみません。このドレスに合いそうなアクセサリーや小物なども、よければ参考に見せていただけますか？」

「もちろんです。少々お待ちくださいませ」

スタッフは生き生きとした表情で一礼し、離れていった。

束の間、清臣さんとふたりきりと思った途端、そわそわしてしまう。

「とても似合ってる。紗綾が気に入ったなら、まずそれを買おうか」

「まず……って」

そこまで貯金に余裕がない。正確にいえばゼロではないけれど、『なにかあったときのため』と、なるべく貯蓄しているのだ。それこそ、将来的に生涯ひとりで暮らすことになった場合、最終的に頼れるのは自分だけだから。

この場でどう伝えたらいいか考えていると、清臣さんがずいと顔を覗き込んできた。

私は驚き、一歩後ずさる。

「浮かない顔だ。気に入らないなら、別のショップを見に行けばいい。無理にすぐ決めなくても」

「ち、違うの。価格がちょっと……。正直、一着でもかなり厳しいなって」

思い切って打ち明けるや否や、彼はきょとんとして首を傾げる。

「これは紗綾にとって、必要経費みたいなものだろう？　当然俺が支払う」

「えっ」

「夫が妻にプレゼントするのは、めずらしいことでもない。むしろ夫婦っぽくていいと思わないか？」

ふいに耳打ちされ、ドキッとする。

清臣さんを見れば、『当然』と口にした通り、当たり前といった顔つきだ。

そうして、スタッフが戻ってきたのもあり、結局私は遠慮することも突っぱねることもできずに〝プレゼント〟を受け入れた。

その後、私たちはスタッフに笑顔で見送られ、店をあとにする。

清臣さんが手にしているショッパーを見て、深々と頭を下げた。

「ごめんなさい。なんだかんだと、服以外にもいろいろと」

あのあと、スタッフがお勧めしてくれたアクセサリーや靴なども合わせ、清臣さんが纏めて購入してしまった。

私がもっと強く固辞していれば、あんなに出費させずに済んだのに。でも、ハイブランドのブティックの雰囲気に呑まれたのか、思っているままには言えなかった。

「謝る必要はない。俺がお願いして一緒に出席してもらうんだから」

そう返されたら、口を噤むほかない。ここまで言ってくれるのだから、謝るよりもお礼を伝えたほうがいいのかも……。

「……清臣さん、ありがとう」

改まった感じを出しすぎたせいか、清臣さんは足を止めて私を振り返る。

「どういたしまして」

わずかに口角を上げた清臣さんに、今度は私が意表を突かれる。

いまだに掴めない。清臣さんって、どういうときに表情を崩すのか。

やや鼓動のスピードが上がったのを感じ、思わず俯いた。

「さてと。予想以上に紗綾の服が早く決まったから、このあとは俺に付き合ってもらってもいい？」

「もちろん。スーツの新調？　それともネクタイや靴とか？」

私はアパレル全般興味あるほうだから、メンズのショップでも楽しめる自信はある。

ただ、見立ては別の話だから、そのあたりはショップスタッフに……いや。もしかすると、清臣さん自身、センスがいいかもしれない。というか、いい。今朝も、彼の私服姿に見惚れてしまったし……。

「俺たちに足りないもの」

「え？　私たちに……？」

彼がつぶやいた言葉に、つい眉を顰めて聞き返した。だって、まるで心当たりがないんだもの。

ピンと来ない私を見て、清臣さんはこくりと一度頷いた。

「とりあえず、荷物もあるし一旦車に戻ろう」

なぞなぞみたいに出された問題の答えは、現地に到着するまでわからなかったし、教えてももらえなかった。

それから数日が過ぎた、七月某日。私は懸命《けんめい》に笑顔を振り撒いていた。

私が今いるのは、空港直結のスカイシアイルホテルの一番広いバンケットルーム。

今日はここで、リニューアルオープンを目前にしたスカイシアイルホテルが、関係者各位を招きレセプションパーティーを開催している。

清臣さんが私に同行してほしいと言っていたパーティーだ。

立食形式でゲストの数も多いため、賑《にぎ》やかな雰囲気に圧倒される。

パーティーの規模もさることながら、絶対に会場内にいるはずの私の職場の関係者に見つからないかも心配だ。いや。変におどおどしているとかえって目立つかも。

そう思った私は、懸命に虚勢《きょせい》を張って、清臣さんのそばについていた。しかし、清臣さんがひっきりなしに声をかけられるものだから、そのたびに緊張する。

「八重樫会長のお孫さんの……清臣くんじゃないかな？」

次に声をかけてきた男性がやけに親しげだったので、興味本位でちらりと見た。

「本間《ほんま》社長。ご無沙汰しております」

恭《うやうや》しく頭を下げる清臣さんの後ろで、心臓が早鐘を打ち始めるのを感じた。

このがっしりした体型の男性……XZAL本社社長だ！　就職活動していた頃にネットで画像を見て覚えている。

本間社長は、大きな口を開け楽しそうに話を続ける。

「ああ、やっぱり。少し見ない間に立派になったなあ。お祖父様は元気かな？　昔、テレビで対談したのが最後だったか。清臣くんとはそのときに会ったんだったね」

「ええ。僕も覚えています。あの頃はまだ入社一年目で」

にこやかに会話をする清臣さんを盾に、不自然にならない程度に気配を消す。

落ちついて。私は本社社長を知っていても、向こうは私のことなどわかるはずがない。清臣さんとは私の素性をあえて晒すことはしないと約束しているし、大丈夫。

「おや？　そちらの女性はもしかして」

「先日入籍しました妻の紗綾です。紗綾、こちらはXZAL社の本間社長だよ」

清臣さんは、しれっと私に社長を紹介した。

「紗綾と申します。夫がお世話になっております」

「ほう。清臣くんも、もうそんな年頃になったかあ。月日が流れるのは早いなあ」

「そうですね。僕も祖父が社長の席に就いていた当時が懐かしいです」

にこやかに答える清臣さんのそばで、控えめに微笑む。

「お祖父様によろしく伝えておいてくれ。また航空会社のこれからの未来を語り合いましょうと。じゃあ、また」

終始陽気な雰囲気で去っていった本間社長を見て、堪らず胸元に手を置く。

「心臓に悪い……」

「俺も突然で驚いた。だけど、事なきを得てよかった」

「うん。まあ、親会社の社長だから私のことは知らないとは思っていたけど。NWCとXZALは思いのほか友好的なんだ……ちょっとびっくり」

なんとなく、競合相手とは犬猿の仲なのかなって想像しちゃって。

「俺が知る限りだと、どちらも目の敵《かたき》にしているって話は聞かないよ」

そういうものなんだ。とにかく、いろいろとよかった。だけど、本間社長がいたのだから、次はもっと近しい人と出くわす可能性はあるよね。

「それにしても、清臣さん自身も知り合いなんですね」

「本間社長は祖父と年齢が近いうえに馬も合うみたいでね。俺はさっき話してたテレビ局での仕事のときに付き添いで行って、覚えてもらっていたみたいだ」

清臣さんの妻というポジションは、想像以上に大変そうだ。これは気をつけないと、本当に顔見知りに遭遇する可能性がある。

私は改めて気を引き締め直す。

「大丈夫？　軽くなにか食べようか」

清臣さんは私を気遣って、料理の並ぶテーブルのほうへ数メートル移動する。

私も彼についていこうとした矢先、彼がふたりの男性に声をかけられているのを見て足を止めた。

「八重樫さん、お世話になっております」

清臣さんが瞬時にスイッチを入れ、仕事モードに切り替えた。

「蘇芳《すおう》さん、橋本《はしもと》さん。こちらこそ、お世話になっております」

声をかけた男性たちは、見た感じ清臣さんと同じくらいの年代に見える。

本当、清臣さんの周りには次から次へと人がやってくるのね。息をつく暇もないのは、私よりも彼のほうだ。でも、彼からは疲れなど微塵《みじん》も感じられない。

あれが日常なのかな……。私も仕事では常にお客様と接するけれど、取引先の人たちと……というのは、またちょっと違う感覚だよね。

少し離れた先で挨拶を交わす清臣さんを眺め、考える。

こういうとき、どうしたらいいもの？　初めから隣にいたら、自然と『妻です』と自己紹介はできても、途中から自ら声をかけるのも……。込み入った話をしていたら水を差すだろうし、困るなあ。

悩んでいるうちに、さらに清臣さんの周りに人が増え、全部で五人になった。

これはもう、そっとしておこう。

そう決めた瞬間、視線を感じて顔を向ける。二十代後半から三十代前半くらいの女性ふたりが、明らかにこちらを見ていた。

「あの？」

「失礼しました。もしかして、八重樫様の奥様でいらっしゃいますか？」

大振りなピアスが特徴的な女性に聞かれ、首を縦に振る。

「はい。八重樫紗綾と申します」

改めて名を名乗り、丁寧に頭を下げると、その女性も自己紹介をしてくれる。

「初めまして。わたくしは蘇芳の妻、真里菜《まりな》と申します。夫は『鹿子《かのこ》電機』に営業本部長として勤めております」

「橋本芹香《せりか》です。うちは『橋本ビルディング』という企業を営んでおります」

立て続けに名前や企業名を聞き、頭をフル回転させて情報処理をする。

個性的なジュエリーをつけている方が、橋本さん。そして、逆にメイクや服装などシンプルな雰囲気な人が蘇芳さん。顔と名前は一致させた。……と、それは一度置いておいて。鹿子電機と橋本ビルディングって……どちらも有名な企業だ。

呆気《あっけ》に取られていると、橋本さんが清臣さんのほうを見て言う。

「私たちの夫もあの輪の中にいるんです」

彼女に言われてから、そういえばさっき清臣さんがふたりと同じ名字を呼んでいたかもと気づく。

「日頃から八重樫様にはお世話になっていると、主人から聞いております」

「あ……はい。その」

うっかり言葉を詰まらせてしまった。

どうしよう。社名に耳馴染みはあっても、清臣さんとどういった仕事をしているかとか、詳しいことまではさすがに知らない。

嘘も方便《ほうべん》で『私もお名前はよく伺っています』とか、合わせたほうがいい？　でも結婚したばかりの妻がそんなふうに答えて、逆に変に思われないかな。

冷や汗が流れ出そう。とにかく、肯定するように相槌を打っておこう。

そう決めた瞬間、蘇芳さんがクスッと笑ったので、ドキリとする。

「まだ交際関係を把握していなくて当然ですよ。急だったのでしょうし」

「急……とは？」

「今日のパーティーが、です。それにほら、ご結婚されたのも最近なのでしょう？」

終始笑顔で話はしているのだけれど、彼女の感情がどこにあるのかわからず、警戒心が芽生える。

「ええ。先月入籍しまして」

当たり障りなく答えると、彼女はさらに一歩近づいてきてささやくように言う。

「今日、八重樫様の奥様にお会いできたら、ぜひいろいろお話をお聞かせいただきたいと思っていたんですよ」

「話、ですか？」

「そうですよ。八重樫様ほどの素敵な方を射止めた女性ともなれば……夫の仕事繋がりで知り合った奥様方の間ですでに噂になっていましたから」

「そ、そうなんですか？」

初めて聞く内容で狼狽える。確かに清臣さんくらいの人なら、そういうこともありえるのかもしれない。

私は今、〝ここ〟に私が立っていることに違和感を抱き、迷いが生じた。

自分は楽しみにされるほどの人間ではないと、わかっている。清臣さんと釣り合うようなモデル体型でもない。顔立ちだってごく普通だと思う。仕事には誇りを持っているものの、職については伏せてほしいと自分でお願いしただけに言えない。

もちろん、長所は目で見えるものばかりではないと思っている。ただ、こういった初対面の相手が多い場で、簡単に納得させられるには、やはりそういったわかりやすい『武器』が必要な気がした。

蘇芳さんは次々と言葉を続ける。

「八重樫様は、普段から完璧そのものですよね。そういう方の妻となれば、求められるレベルも高いでしょうし、わたくしには到底。紗綾さんは八重樫様を支えるほどのスキルと教養をお持ちなのですね。尊敬いたします。わたくしも見習わなければ」

初めこそ、清臣さんを高く評価してくれているのだとうれしく思った。しかし、途中から話の内容が怪しくなってきて、もしや遠回しに私を非難している？　と疑りたくなった。

私もこれまで、それなりにいろいろな人と接してきた。彼女が表面上は笑っていても、目の奥が笑っていないことには薄々勘づいている。

とはいえ、今のところ面と向かって非難されたわけではないから、下手に波風を立てないほうがいいかな……。

様子を窺っていると、突然橋本さんが一段と明るい声をあげる。

「ところで、とっても素敵な指輪をつけてらっしゃいますね！」

こんな些細な部分まで気づかれるんだと驚き、ぎこちなく左手の指輪に触れた。

「え、ええ。夫に選んでもらって……」

「わあ。よく見ると重ねづけされてたんですね！　紗綾さんによくお似合いです。おふたりで選ばれたのですか？」

「ええ、まあ……」

橋本さんからの質問を受け、思わず回想する。

私の左手の薬指にはめられた、この指輪――。

これは、前に清臣さんと洋服を買いに出かけた日に贈られたもの。そう。『俺たちに足りないもの』の答えが、結婚指輪だったのだ。

さらに、彼は今回のパーティーにも使えるだろうからと、婚約指輪もセットでプレゼントしてくれた。しかも、世界的に有名なジュエリーブランドのものを。

煌びやかな店内には、輝くジュエリーが数多く陳列されていて、その雰囲気に圧倒された。正直、指輪のデザインを選ぶほどの気持ちの余裕はなかった。

清臣さんは終始私の意向を丁寧に聞いてくれた。だけど、値段が気になってそれどころじゃなかった。

すると、清臣さんがこの指輪を見つけ、笑ったのだ。

『このデザインが、紗綾に似合いそうだ』と。

その後、結婚指輪と相性のいいデザインの婚約指輪まで贈られて、恐縮するばかりだった。

だってこの婚約指輪なんて、私の年収に近い価格だったんだもの。

今日のパーティーが終わったら、この指輪はまたケースに入れて大切に保管しておかなくちゃ。

まばゆい輝きを放つ指輪に、なんだか重みを感じてしまう。物理的な重さではない。気持ちの問題だ。

考えごとに没入していたら、橋本さんが声を弾ませる。

「式のご予定は？　さぞ素晴らしい式になるのでしょうね。こんなに素敵な指輪を贈ってくださるんですもの。きっと紗綾さんがお願いすれば、世界中の有名デザイナーのドレスだって用意してくれるでしょう？」

「ど、どう……なんでしょうね……？」

私は愛想笑いを浮かべ、のらりくらりと返す。けれども、大らかな性格っぽい橋本さんは、私の微妙な表情などに気づきもせず、嬉々として続ける。

「一大イベントですし、海外リゾート挙式とかいかがです？　確かモルディブでは島を貸し切れるとか。私のときもそんなプランがあったら、絶対にそうしていたわ」

島を貸し切る……そんな発想したことがなかった。

もしかして、清臣さんの周りにはそういうことが普通だという人ばかりなのだろうか。どうしよう。もしもそうなら、私は今後も話についていけなさそう。

一気に不安でいっぱいになっていたら、蘇芳さんの声で我に返る。

「紗綾さんのご実家は、どんなお仕事をしてらっしゃるおうちなのですか？」

その質問は、正直いって心証の悪いものだった。暗に政略結婚かどうかと探られているのだろうと、いささか見当がついたからだ。

私個人に対する質問ではなく、実家について興味を示されるなんて。

私はつい、不快感を表に出しそうになった。けど、意識的に口角に力を入れ、表情を崩さないように気をつける。

この場をどう切り抜けようかと考えていた、そのとき。

「紗綾」

窮地に陥っていたタイミングで、安心する声で名前を呼ばれた。

顔を上げれば、清臣さんが私を見て笑顔で手招きをしている。そして、彼は私のそばにいるふたりに向かって「おふたりも」と添えた。

話題が逸れたことや女性だけの輪ではなくなったことに、ほっとする。

あのままだったら、いつ失言していたかわからなかったから。

そうして、どうにかパーティーをやりすごしたのだった。


自宅に到着したのは、夜七時前。

主催者側だったスカイシアイルホテルの経営者が、清臣さんへ個人的に宿泊を勧めてくれたらしいが、彼はそれを断ったと帰りのタクシー内で聞いた。

あのまま宿泊だなんて、とんでもない。めちゃくちゃ気疲れしたんだもの。パーティー中、自分の部屋に一刻も早く帰りたくなった瞬間があったくらい。

第一、仮に宿泊するとしたら、間違いなく清臣さんと同じ部屋で用意されるに決まっているし、それは困る。

マンションのエレベーターを降り、玄関を開けて一歩踏み入れた途端に口からこぼれ出た。

「はあ～。ただいま～。ほっとする……」

現金な話だけれど、あれだけ『慣れない』とか思っていたこの高級マンションが、今日だけは本当に心から安心する空間に感じられる。

「疲れたよな。ごめん。ときどき紗綾をひとりにして」

靴を脱いでいるところに、清臣さんから謝罪をされる。

いつもは大きく表情を崩さない彼が、めずらしく眉尻を下げていた。

私は靴を揃え、彼を見上げて苦笑した。

「ううん。ずっと一緒にいるのも不自然だっただろうから。仕方がないよ」

今の、うまく笑えていたかな。清臣さんを責める気持ちはないものの、疲れたのは事実だし、ちょっと心に余裕がないかも。

「だけど、今日の効果はあったと思う。ありがとう、紗綾」

お礼を言われても、正直胸の内には靄《もや》がかかっていた。

彼が言う『効果』があったかどうか、自信がなかったから。

だけど、今この空気に水を差すのも嫌だったし、こんな細かいことを気にする必要もないのかもと逡巡《しゅんじゅん》して、結局作り笑いでひとことだけ返す。

「どういたしまして」

「そうだ。お風呂《ふろ》沸いてるはずだから、先にどうぞ」

「いいの？　ありがとう」

今日は散々気を遣ってきたからもうこれ以上は限界で、お言葉に甘えてしまった。

バスタブに浸かり、自然と長い息が口から漏れる。心地よく温まりながら、ぼんやりとバスルームの壁の一点を見つめた。

今日は清臣さんのいる世界は私がいる場所とは違うのだと、まざまざと思い知らされた一日だった。ああいう場でちゃんと彼の妻をこなせるというのは、大変なことだと肌で感じた。言葉じゃなくて、佇《たたず》まいや肩書きなどの説得力が必要だ。

私なんて……。品定めされるような視線と、会話の端々に覗くこちらを試すような物言いに困惑して疲弊《ひへい》するだけだった。

やっぱり、この契約結婚は清臣さんにとってメリットは少ない。彼は結婚さえできれば誰でもよかったのかもしれないけど、私は彼の評判を落としかねないもの。

もしかしたら、彼もまた私と同様に追い詰められていたせいで、そういったリスクまで考えていなかったのかも。

バスタブのお湯を両手で掬《すく》い、パシャッと軽く顔にかける。

だめだ。さっきから後ろ向きな考えばかりに囚われている。籍を入れたあとに、こんなメリットやデメリットがどうとか考えて……。もうとっくに後戻りできないところまで来ちゃってるのに。

今度は口元を沈ませ、お湯をぶくぶくとさせながら考えを巡らせる。

清臣さんは、『結婚結婚』と言われ続けて煩わしさを感じていた私にとって、まさに理想的な人。しかも、人柄もいい。気遣いだって完璧だ。そんな人だから、私だってできる限りは力になりたい。だけど……。

今日のパーティーでの出来事を振り返り、あまりに自分は力不足だと痛感する。パーティーではご夫妻で参加している人たちも多かった。自分たちは偽物だとわかっているせいか、最後のほうでは周りと比べて自分の足りなさにしか意識がいかなくなっていた。

本来なら、もっと相応しい女性がいるはずなのにと思うのをやめられなかった。

結局私はすっきりしない気持ちのまま、お風呂から上がる。リビングへ行くと、めずらしくも清臣さんはキッチンにいた。

「お風呂ありがとう。次どうぞ」

「ああ。俺はあとでいい。それよりこれ。お土産《みやげ》でもらったワイン飲まないか？　明日遅番なら少しだけ、と思ったんだが無理強《じ》いはしない」

なんとなく、普段よりも清臣さんの機嫌がよく見える。いや、いつも不機嫌ということではなくて、今日はやっぱり彼にとっていい日だったのだと感じられた。

私は少し間を置き、ぽつりと答える。

「……うん。一杯だけいただこうかな」

いつもなら、仕事の前日はお酒を控える。出勤すればアルコールチェックがあるし、翌朝身体が重く感じることもしばしばあるから。

だけど今夜は……このすっきりしない気分をどうにかして薄めたい。

さっき清臣さんも言っていた通り、幸い明日は遅番だ。昼の二時過ぎまで自宅にいられる。ワイン一杯なら大丈夫。

「そういえば、もうひとつ折《おり》が入ってたな」

キッチンの中で、清臣さんがひとりごとをこぼす。彼は紙袋から箱を取り出し、包みを開封する。

「これは気が利《き》いたギフトだ。つまみがセットで入ってる。チーズとナッツ……あとはパテ・ド・カンパーニュ。助かるな」

それを聞き、私もキッチンに足を踏み入れ声をかける。

「私が」

「いいよ。切るくらいなら俺もできる。紗綾は座ってて」

やっぱり今日の清臣さんは特別やさしい。

キッチンに居場所がなかった私は、おずおずとソファに足を向ける。端に腰を下ろし、キッチンに立つ清臣さんを眺めた。

数分後、パテ・ド・カンパーニュを綺麗に並べたプレートと四角い小皿に盛られたナッツが目の前のローテーブルに置かれた。清臣さんは再びキッチンに戻り、ワインとグラスを持ってくる。

彼がソファに座って、ワインボトルを手に取る。グラスの三分の一までワインを注ぎ、それを「はい」と差し出された。

「ありがとう」

清臣さんは自分のぶんも注ぎ終えると、グラスを手に持った。口に運ぶ前に、私のほうへグラスを向けてくる。私はそれに応えるようにグラスを少し傾け、近づけた。

ワインは外食先で、ときどきオーダーする。といっても高級なものではなく、主にハウスワイン。それもやっぱり、一杯にとどめることがほとんど。お世辞にもワインに詳しいとはいえないから、香りがどうとかよくわからない。

薄いグラスの縁を唇に当て、ゆっくりと上向きにする。ほんの少し口に含んだだけで、これまでのものとは違うということだけ理解できた。

渋味が今まで味わってきたワインの中でも一番きつい。これは本当にちょっとずつしか飲めないかも。

ワイングラスの液体をジッと見る。口内には、濃厚な味がまだ残っていた。

思わず心の中で嘲笑する。

ワインひとつとっても、私のこれまでの生活環境にはなかった味わいだ。ほんのひと月一緒に過ごしただけで、彼と私はこんなにも差があることがわかってしまった。

そう再確認した直後、ふたくちめのワインを飲む。そして、続けざまにグラスを傾け、あっという間に空にした。

清臣さんが茫然と私を見ている。マナーのなっていない飲み方に呆気に取られているのかもしれない。

だけど、もうそれでいい。私にはきっとこのワインの本来の美味しさを語ることも、取引先の関係者との会話もうまくできない。……自信がない。

今日、初めて気づかされた。

私……結婚して周囲からの煩わしい言葉から逃れられた環境よりも、彼の妻を演じる責任の重さが苦しくなっている。清臣さんが、やさしく完璧な人だから余計に。

「紗綾？　そんなふうに一気に飲むと」

「ごめんなさい」

私が言下に謝ると、リビングはしんと静まり返る。

私はワイングラスのステム部分を持つ手に、きゅっと力を込める。

「やっぱり、清臣さんの妻は私には務まらない……かも」

喉《のど》の奥に引っかかっていた言葉を、ついに口にしてしまった。

これだけ静かな空間なら、私が小さくこぼした本音も彼の耳に届いているはず。

それがわかるから、余計に手元から顔を上げられなかった。

「今日は本当に無理をさせたと思ってる。パーティーへの同行ももうお願いしない」

真剣な声で言われ、パッと視線を上げた。

清臣さんは私をまっすぐ見据え、その姿勢から揺らぎは一切感じられなかった。

本心を吐露してしまったのだ。もうあとには引けない。

「あまりにこれまで置かれてた環境が違いすぎる。いつか私がボロを出す気がしてならなくて……不安なの」

身勝手だとなじられても仕方がないと思っている。

ここまでリアルに想像できていなかった、こちらに非はある。

気づけばさっき飲んだワインの渋味もどこかへいって、今は彼の一挙手一投足《いっきょしゅいっとうそく》に神経を研ぎ澄ます。

するとと、彼はひとこと問いかけてくる。

「それは離婚したいってこと？」

ストレートな表現に、一瞬後ろめたさが頭を過った。

そのせいで返答できずにいたものの、否定もしなかったために彼には私の答えが伝わったらしい。

綺麗な形の眉がわずかに歪《ゆが》むのが私の瞳に映った、次の瞬間。美しい造形の顔が目の前まで近づいた。

さすがに驚いて、上半身を後ろに引く。それでも彼は構わず、じりじりと詰め寄っては私の目を覗き込む。

「契約違反じゃない？　だめだよ。今さら」

鋭い眼光に、一瞬息を止めていた。

恐怖とは違うけれど、彼のなにか秘めた強さみたいなものを感じ取る。

ひと筋縄ではいかなそう。それもそうだ。本当に籍まで入れて、今日一部の人たちに紹介して回ったのだから。冷静に考えれば考えるほど、合理的ではない主張をしているのは私だ。

「それに紗綾も、この結婚は自分の生活の安寧《あんねい》を守るために必要なんだろう？」

清臣さんに言われ、改めてその言葉を受け止め、回想する。

確かにあの日、私はなぜか気が急いていた。

なぜ……？　ううん。なぜって、そんなの決まっている。

二十五歳を過ぎた頃から、耳にタコができるほど言われ続けてきた『そろそろ結婚について真剣に考えないの？』の文句。それを、あの日の電話でもうんざりするほど聞かされて……。

だから、冷静さを欠いた。そうとしかいえない。

だって、まさか見知らぬ男性だったにもかかわらず、その場で彼の提案を受け入れてしまうなんて、今だったら考えられないもの。

『僕と期間限定婚をしましょう』――なんていう、怪しげな誘いになんか。

だけど、それらは清臣さんのせいではない。

事の発端は私で、決めたのも私だ。

「それは確かにそう。だけど、今日ではっきりした。本当は一緒に過ごし始めてから、いろいろと引っかかっていた部分が浮き彫りになったっていうか。今日も視線を感じていたの。きっと私が浮いていたから……私が清臣さんの隣にいることに、みんな違和感を抱いていた」

清臣さんと正面から向き合って伝える。

「NWCホールディングスという大きな会社を将来的に継ぐ人の妻を、いっときでも名乗ることがどういうことか。……怖気《おじけ》づいちゃって」

これは一番無責任な理由だと理解したうえで、あえて口にした。

突き詰めていけば、正直いって自分が恥ずかしい思いをするくらい、どうってことない。それこそ期間があることだし、適当に聞き流しておけばいいんだもの。

私は、自分の評価が清臣さんに繋がるのがなによりも怖い。

「やっぱり、赤の他人だった私が急に妻になるなんて……。清臣さんにとって満足な結果を得られない。それって、この結婚の意味がないよね？　私ばっかり理想の環境を手に入れてて、公平じゃないって今さら気づくなんて……信じられないよね」

本当『今さら』だ。だけど、この取り引きが対等ではないと気づいてしまったら、一年間もこのまま過ごせない。

「ただ自分でもこれはひどいと思うから、なにか別の形でお詫びをさせてもらえたら……どんなお詫びの方法があるかは、これから考えることになるけれど」

自分の意見だけ並べておいて、最後はお詫びの方法のひとつさえ挙げられない状況に首を窄めた。

清臣さんが静かにグラスをローテーブルに置く。それから、刺さるような視線をこちらに送りながら口を開いた。

「意味はあるよ。大いにね」

——決意の揺らがない瞳。

目を向けた瞬間、清臣さんの力強い双眼に意識を持っていかれた。

離婚を認めないという意志表示の顔つきに、ピリッと身体中に電気が走った感覚に襲われた。

彼は優雅に足を組み、置かれたワイングラスを見つめながら話し出す。

「そもそも家族や戸籍……人生に関わる大きな契約だ。それの違反相応のお詫びってなにがある？」

淡々と指摘されたその内容と声色に、思わず肩を揺らした。

そろりと隣を見てみると、自分の膝に頬杖をつき、身体ごと私のほうをを向いている。こちらの動向を窺うような、制圧するような視線に身体を動かせない。

「今話してくれた紗綾の考えを頭ごなしに否定するつもりはないよ。受け入れられるかは別だけど。ただ、ひとつだけ訂正させてもらう」

すると、清臣さんは突然私の左手に触れた。

私は声が出そうなほど驚き、目を見開く。

「俺にとって紗綾はすでに他人じゃない。妻だ。俺はその事実に満足している」

彼が私の薬指にはめてあった指輪を軽くなぞり、そう言った。

途端になぜか恥ずかしさが襲ってきて、顔が熱くなる。

私たちの関係や状況から、ありえないとわかっている。それでも、こんなに熱い視線の中、意味深に薬指をなぞられながら『夫だ』と宣言されれば、自分が彼に独占されている感覚になる。

私は手を振り払うことも、目を逸らすこともできないまま。

「結果も出てる。俺の両親だってすぐに認めただろう？　今日も俺に声をかけてきた人たちの反応は上々だった。ただ、俺の知らないところで紗綾が不安を感じるようなことが起きていたなんて……。俺の配慮が足りなかった。申し訳ない」

「違っ、そういうことじゃ」

慌てて訂正しようとすると、今度は左手を上からぎゅっと握られた。

「挽回《ばんかい》するチャンス――くれるよね？」

口元に薄っすら笑みを浮かべる彼は、有無を言わせない雰囲気を出している。

その少し意地悪にも思える微笑みは、私が新たに知るものだった。

翌日私は遅番にもかかわらず、ちょっと寝坊した。昨夜、寝つけなかったのだ。

当然、グラス一杯のワインが原因ではない。清臣さんの言動が頭にずっと残っていたせい。

昨日……弱気になって、思わずそれを口に出してしまった。清臣さんが完璧であればあるほど、自分との差が彼の足を引っ張るとしか思えなくて。

なのに彼に、こちらの懸念をすべて論破され、聞き入れてもらえなかった。

昨日のパーティーで、清臣さんの妻である私に対する周囲からの注目を思い返し、私の一言一行《いちげんいっこう》を気にされる立場にあるとひしひしと感じた。

もし私がなにかしらの失態を犯したら、力になるどころか恩を仇《あだ》で返す羽目になる。

そして短期間じゃ、努力だけでは埋められないものがあると肌で感じたから……。

だったら、私が勝手を言っていると罵られたとしても、引き返すことが彼のためにできることとしか考えられなくなってしまった。

それにしても……挽回するチャンスって……？

あのときの清臣さんの表情が、一夜明けた今も私の鼓動を速くさせる。

ベッドの上で瞼《まぶた》を下ろし、深呼吸をした。

今日は幸い平日で、清臣さんはすでに出社している。昨日の今日で顔を合わせずに済み、心底ほっと胸を撫で下ろした。

やっぱり気まずさはある。どういう顔していいかわからなかったから、今日一日すれ違いになりそうでよかった。

私はそんな狡《ずる》い思考のまま、出勤準備を始めた。


今日のシフトは午後三時過ぎから深夜零時頃まで。

出社してチェックインカウンター業務を行い、数時間が経った。

バックヤードに移動し、事務作業をしていると留美が現れる。

「お疲れ様。交代するよ」

気づけばもう休憩の時間らしい。

留美に仕事モードで声をかけられ、席を譲る際に留美の足元に目がいった。

「それ、この間買いに行った靴？　やっぱり新品は綺麗だね。形も素敵」

小声で尋ねると、留美も小さな声で返してくる。

「そうそう。奮発《ふんぱつ》しちゃった。やっぱり毎日のように長時間履くものは、いいものに限るよね」

「うん。わかるわかる」

ふたりで笑い合っていると、デスクの上の電話が鳴り出した。

私は再び頭を切り替え、よそよそしく「休憩に行ってきます」と挨拶をした。

バックヤードを出た私は、ターミナル内を歩く。

今日は寝坊したからお弁当を作れなかった。どこかに入って食べる気分でもないし、ターミナル内のコンビニエンスストアで適当に買って済ませようかな。

あまりお腹も空いていないので、急がずゆっくり遠回りをして歩く。

グランドスタッフになったのは、この仕事がカッコよくて憧れたからというのはもちろんだけど、空港という場所が好きなのもある。

いろんなお店もあり、見て歩くだけでも楽しい。これからどこかへ旅行へ行く人たちなどの姿を見るのもいい。こちらまでわくわくする気持ちをもらえたりする。

階段を上っていると、旅行中らしき家族連れが踊り場で立ち止まっていた。

ご両親と就学直後くらいの女の子。そして、三、四歳くらいの男の子の四人。ご両親はひとつのスマートフォンを真剣に見ていて、なにか検索している様子だ。

階段を上っていき、その家族との距離が近づくと、男の子が飽きてきたのかキャリーケースに手を置いて遊び始めた。たとえるなら、ミニカーを転がす要領で操作するのを楽しんでいるみたいに。

するとその子の動きが徐々にエスカレートしていく。階段の際までキャリーケースを動かすのを見て、私は慌てて数段駆け上がった。

「危ないっ……」

車輪が二か所飛び出て、大きく傾いたキャリーバッグに夢中で手を伸ばす。どうにか落下を阻止し、男の子も驚いたのか手を引っ込めた。

傍から見れば、スーツ姿で大股で階段を跨ぎ、ちょっと恥ずかしい格好にも思われるかもしれない。でも、下手したらあの男の子がこのキャリーケースごと勢い余って転げ落ちるかもと思ったから、無事でほっとした。

「すみません！」

気づいた女性が声をあげ、すぐさまキャリーケースを支えて元に戻す。

手が自由になった私は、数段に跨いでいた足を引っ込め、体勢を戻そうとした。次の瞬間、足元に変な感覚が走る。

「えっ……きゃあっ⁉」

足首の痛みも一瞬のこと。高い高い天井を仰ぎ見たかと思ったら、あっという間に階段から転げ落ちていた。

――背中と頭がひどく痛い。

自分が階段の中ほどから一気に下まで落ちたのだということは、頭を打っていても理解できていた。

脱げたパンプスがちょうど視界に入る。無残に折れたヒールを瞳に映し、心の中で苦笑する。

早く買い換えておけばよかった。

徐々に目を開けていられなくなって、スッと瞼を下ろす。さっきの家族が私のそばに駆け寄ってくるのを音で感じた。

きっと私になにか話しかけている。それは感じられても、意識が朦朧《もうろう》としてまともに答えられなかった。

目が覚めた途端、身体中に鈍い痛みが走る。ゆっくり瞼を押し上げると、見慣れぬ天井が視界に映った。

「う……っ」

まるで全身筋肉痛にも似た感覚に、思わず声を漏らした。

身体を横たえたまま、周囲を観察する。どうやらここは、病院の一室らしい。

それがわかると、自分の置かれている状況やその理由に納得がいった。

そうだ。私、休憩中に階段から落ちて……。後頭部がズキズキするところからして、頭を打って……。ああ、そういえば救急隊員の人にいくつか質問された気もする。だけど、その内容はおぼろげであまり覚えていない。

転倒のせい？　まだどこかぼんやりしている。どれくらい時間が経過しているかもわからないし、どうにもまだ眠気が抜けない。

落ちてくる瞼に抗えず、そのまま視覚をオフにした。でも、頭の中はまだ少し起きていられるようで、夢と現実の狭間でふわふわしたまま考える。

頭を打つと、本当に記憶が曖昧《あいまい》に感じたりするんだなあ。私、休憩中にこんなことになってしまって、職場に迷惑かけたよね。さっき、目を開けたとき、この部屋の蛍光灯がついてた気がする。もしかして今は夜？　まさか丸一日経っていたりしないよね……。

次々と、とりとめのない思考が流れる。

初めはただぼーっとして考えごとをしている感覚だったのが、少しずつ現実に引き戻されていく。

あれ……？　待って。私が病院に運ばれたら、誰に連絡が行くんだっけ。入社直後に提出したのは、実家だったはず。でも入籍した関係で総務だけに清臣さんの情報を渡して……まさか……。

そのとき、カラララと引き戸を開ける音がした。

複数の足音が近づいてくるのに気づきながら、そのまま眠ったふりをする。

「まだ目が覚めていないみたいですね」

女性の声……看護師さんっぽい。話しかけている相手は——。

「妻は大丈夫なんですよね？」

清臣さんだ。

彼の声は、ちょうどいい低さの落ちついた音。

だけど、今聞こえた声はどこか急いているような……。

「先生は骨や出血等の異常は見られなかったと言っていました。あとは目が覚めてからの症状を見てみて……ですね」

看護師さんの説明から、今回の事故で異常はなかったと知り、ひとまず安心する。

それにしても、さっきまでは本当にまだ眠気があったけれど、看護師さんと清臣さんが来てから脳が目覚めてきたみたい。そうかといって、なんとなく目を開けるタイミングが……。

「症状と言いますと、たとえば……？」

清臣さんの声に、思わず瞼を動かしそうになる。

私が気持ちを落ちつかせている間に、看護師さんは丁寧に答えた。

「そうですね。記憶が定まらなかったり、記憶力や集中力が低下していたり……一時的に気分が不安定になったり、光や音に過敏になったりと、さまざまです」

「記憶が――」

重苦しい空気を感じ、到底目を開けられる状況じゃなくなる。

それはそうだよ。裏がある結婚をした私たちだ。そんな共謀者が、不慮の事故で記憶をなくしたなんてなったなら。

命に別状はなかったことに安堵するのもそこそこに、どうしたらいいのかと嘆きたくもなるはずだ。

「もちろん、なにも変わりない患者様もいらっしゃいますよ。詳しい検査は明日になりますので、今夜はこのまま入院していただきますが、よろしいでしょうか？」

「はい。よろしくお願いします」

声の感じとか、服が擦れるような音で、清臣さんが頭を下げているのがわかった。

本当に、いい人なのよね……。普段、表情はあまり豊かなほうではないけれど、誠実さや気遣いは感じられる人だから。

そんな人に新たにこんな迷惑までかけて……まだ結婚して一か月しか経ってないっていうのに。この調子で一年間も夫婦生活をやっていたら、どれだけ彼を困らせてしまうか。

「すみません。それで、本来の面会時間はもうすぐ終わるのですが……奥様もまだ目覚めていなくて不安でしょうし、個室ですから今日は特別にもう少し残っていても大丈夫ですよ。ただ消灯前には退室をお願いします」

「わかりました。ご配慮ありがとうございます」

そして、再びドアの引き戸を閉める音が聞こえた。会話の内容から、看護師さんがひとりで退室していったのだろうと察する。

しんと静まり返った室内で、ふたりきり。

ただ目を開けばいいだけの話が、こんなにも難しい。視覚からの情報がないから余計だ。

「はあ」

ふいに、清臣さんの小さなため息が耳に届いた。

私は布団の中の手をきつく握る。

ああもう、つらい。清臣さんに迷惑をかける前に戻りたい。いっそ、本当に自分の記憶がなくなっていたらよかったのに。そうしたら……。

そこでふと頭に過る。

もし、このまま直近のことだけ忘れたふりをしたら……？

清臣さんも離婚に応じざるを得ないのでは……？　だって、なにも覚えていない人間と夫婦関係を――それも偽装の夫婦を続けるのは、かなり難しいもの。

昨日迷う気持ちを彼に吐露した時点で、百パーセント自分が悪いって重々承知している。それでも、こうすることが、結果的に彼への迷惑を最小限にできる方法じゃないのかなと、どうしても考えてしまう。

心臓がドクドク騒いでいる。どちらが最善の行動なのか、簡単には選べない。

「紗綾……？」

つい真剣に悩みすぎて、瞼や眉をピクピクと動かしてしまったらしい。

清臣さんが私に向かって呼びかけたのをきっかけに、私はゆっくり目を開けた。

「紗綾、目が覚め――」

「……誰、ですか？」

「え……？」

私の第一声に、あの冷静な清臣さんが目を剥《む》いて固まった。

どうしよう。迷い悩んだ結果、つい勢いで本当に知らないふりをしちゃった……！

手が震える。布団をぎゅっと握って、いつバレるかと肩を竦めながら彼の反応を窺った。

放心状態だった清臣さんは、態勢を立て直し、尋ねてくる。

「ええと……八重樫清臣だけど……覚えていない？」

頭の中に天秤が浮かぶ。

ここで『思い出した』と答え、嘘はなかったことにするか。それとも、嘘を突き通すか。

天秤はゆらゆらと左右に揺れ、すぐに決着はつかない。

ここで嘘を突き通して離婚する流れになれば……清臣さんが私のせいで後ろ指をさされるのでは、なんていう心配もなくなる。離婚事由からも、清臣さんが責められることもないかもしれないよね……。

返答に時間をかけてしまったために、清臣さんは私が『忘れている』と思ったのだろう。俯いて、「嘘だろ」とつぶやいた。

私は自分がしてしまったことの重大さに気づいているにもかかわらず、訂正する勇気も出せなくてただ口を閉ざした。

すると、清臣さんはおもむろに顔を上げ、ベッド横に置いてあった丸椅子《いす》に腰を下ろした。

「俺はあなたの夫。先月入籍をした」

横になっている私をまっすぐ見つめ、彼はそう言った。

一度ついてしまった嘘はもう取り消せないし、嘘をついたと謝ったとしても、あとは気まずくなるだけ。

だけど、この罪悪感にさえ耐えられれば……あちらも離婚を選択するかもしれない。さすがに記憶がない相手と、この先も契約夫婦を続けようとは思わないだろうから。

離婚したあかつきには、『私のせいで』そうなったということを、自然を装って言いふらそう。そうしたら、清臣さんはしばらく『結婚』について周囲から触れられることもなくなるはず。そのくらいでしか役立てないけど、少しは利用意義があったと思ってもらえたら……。

私は顔を清臣さんから背け、掠れ声で返す。

「夫と急に言われましても……信じられません。私、ずっと仕事ばかりで恋人はいないはずなのに」

清臣さんと出逢う少し前の自分になればいい。そこの部分は嘘ではないから、多少は答えやすい。

カーテンを見つめていると、横から驚きの返答が来る。

「ああ。そう言っていたあなたを、俺が必死に口説いた」

驚愕のあまり、清臣さんを振り返る。

口説いた？　それはない。私たちの結婚は、利害一致の契約婚だもの。清臣さんはなぜそんな……恋愛結婚みたいに説明するの？

彼はあたかも事実のように、涼しい顔をしてさらに続ける。

「ようやく振り向いてくれたら、もう絶対に手放したくなくなって。すぐにプロポーズしたんだ」

清臣さんの堂々とした振る舞いに、本気で混乱する。

目の前の彼は間違いなく清臣さん。でも、言動に違和感しかない。

これは夢？　私、本当はまだ頭を打って病室で眠っているんじゃ……。

茫然としていると、清臣さんは自身の左手を見せてきた。

「これはふたりの結婚指輪。紗綾は高価なものだからって、仕事中つけたがらなくて家に置いてある。俺は気にしなくていいって言ったんだけど」

その話は合っている。……合っているんだけれど、やっぱりなんだか雰囲気がおかしいような。

動揺しつつ清臣さんを見ていたら、彼は椅子を立ってベッドテーブルに手を伸ばした。瞬間、目を疑う。

淡いピンク色のトルコキキョウの花束だ。カラーの包装紙とフィルム、そしてリボンと綺麗にラッピングされている。

この花束はいったい……。お見舞い用にしては、赤いリボンを巻いているし。職場で誰かからもらったものとか？　なにかお祝いごとがあったのかな。

花束の存在が気になっていると、清臣さんは花束に目を落として苦笑した。

「帰ったら紗綾に渡そうと思って用意してたんだ。今日は入籍して……一緒に住み始めて一か月記念だったから」

「は……？」

「まさか、お見舞いの花になるとは思わなかったな。これは一旦俺が持って帰るよ」

冗談交じりに笑って言うものだから、狐につままれた心境になる。

この人は本当にいったい誰なの？　本物の清臣さん？　私、やっぱりまだ夢を見ている最中なんじゃ……。

今そこに立っている清臣さんは、いつも通りスタイルもよくスーツの似合う男性。しかし、彼はそんなふうに笑ったりしない。清臣さんの笑顔は簡単に見られるものじゃない。レアなのだ。それに、常日頃から気遣いはあっても『一か月記念』だなんて、そんな大きな花束を持って帰ってきたりするはずがない。

あくまで私は、彼のビジネスパートナー的なポジションだった。

「そうだ。先生を呼んでもらわなきゃな。俺がコールボタン押すから、紗綾は動かないでいて」

私を気遣い柔らかく微笑む彼は、もはや清臣さんのそっくりさんにしか思えなくて恐怖さえ感じた。

私が怯《おび》えていると感じたのか、彼は遠慮がちに私の手をそっと握る。

そして、すべてを包み込むように、やさしく目を細めた。


翌日、私は無事に退院した。

後頭部にはまだたんこぶもあり、今日一日頭に包帯を巻いていなきゃならないらしく、見た目はちょっと大げさな怪我人だ。

「お世話になりました」

病棟のスタッフに丁寧に頭を下げたのは、清臣さん。

彼は今日、なぜか朝から病院へ来た。平日で仕事もあるはずなのに。

会計を終えた清臣さんが、私の元にやってくる。そして、私が椅子から立ち上がる際には、わざわざ私の身体に手を添え、支えてくれた。

「あの、平気なので」

「念のため。また転んで同じところをぶつけたら大変だ」

そう言われると、なにも言い返せない。

今日の検査は問題なく終わった、と思う。

『脳波も異常は見られませんね。記憶については……正直個人差があるため、なんともいえないところではありますが、数日経って元通りになるパターンもありますので気長に。日常や仕事の記憶はそのままあるようだから、あとはご主人をはじめ、ご家族が支えてあげてください』

先生は私と、最後のほうは清臣さんにそう話していた。

駐車場に着き、清臣さんの車に乗り込む。窓ガラスに薄っすら映る自分の姿を見て、頭の包帯に触れた。

見た目は仰々《ぎょうぎょう》しいのに、怪我は大したことなかった。この包帯もすぐに取れる。

ただ、あとには引けない嘘だけは残り続ける。

……こんなこと、だめに決まっているのに。

「気分は悪くない？」

「あ……はい」

運転席に乗り込んだ清臣さんに声をかけられ、ビクッと肩を上げた。

膝の上の手を見つめ、緊張をどうにか押し隠す。すると、突然、私の手が清臣さんの手に包まれた。

私はびっくりして彼のほうへ顔を向ける。私と目が合った清臣さんは、パッと手を浮かせた。

「ごめん。嫌だった？」

「嫌っていうか、ただ……驚いただけで」

本当は『ただ』なんて軽いものじゃない。ものすごく驚いたし、今もまだ困惑している。

清臣さんは、再びゆっくりと私の手を軽く握った。

これはパニックになっても仕方ないよね？　記憶云々《うんぬん》関係なく、どんな状態の自分であっても、混乱していたに違いない。

当然握り返すわけもなく、黙ってその体勢をキープするので精いっぱい。

手のひらに汗が滲む。エアコンをつけてくれているのに、身体が火照《ほて》ってきた。

頭の中がパンクしそうになったとき、清臣さんが口を開く。

「昨日は連絡を受けたあと、気が気じゃなかった。無事に退院できてよかった」

どんな顔をしてそんな言葉をかけてくれたのか、純粋に気になった。

清臣さんを見てみれば、心から安心した雰囲気の柔らかな表情を浮かべていた。そして、もうひとたび私と視線がぶつかった瞬間、彼は破願した。

ふわっとやさしく目尻を下げる彼から目を離せない。

昨夜の違和感は気のせいじゃなかったの？　清臣さん、いったいどうしちゃったの？

自宅マンションに着くまで、ずっと緊張したまま。

嘘をついていることもひとつの理由だけど、隣にいる清臣さんが私の記憶とは別の人のようで。

こうなると、本当に私は記憶の一部を失ったのだろうかと錯覚するほど。

やがてマンションに到着し、一日ぶりの帰宅となった。

一応、設定的に『知らない』わけだから、勝手に動くのはやめておこう。

そう肝《きも》に銘《めい》じて、常に清臣さんの後ろをついていく。玄関で靴を脱いでいる間、清臣さんはその場で私を待ってくれていた。

案内されてリビングを覗くと、ダイニングテーブルには昨日清臣さんが持っていた花が、花瓶に飾られていた。

「わあ、綺麗」

トルコキキョウのピンク色の花弁がひらひらしていて可愛らしい。それを引き立てるような薄い青色の花や小ぶりな白い花。すごく好きな雰囲気だ。

元々清臣さんのおうちはものが少なく、さっぱりとした空間だったから、華やかさが生まれて思わずほっこりする。

「そう？　よかった。それは紗綾に似合いそうなものを選んだから」

清臣さんの返答で我に返った。

そうだった。これ……一か月記念にって言っていた。

昨日、私がなにごともなく帰宅していたら、そのあとにこれを贈ってくれるつもりだったの？　どうやっても想像できない。

目の前の可憐《かれん》な花を見つめ、頭を悩ませる。

「紗綾のお母さんたちには連絡しておいたよ。心配してたから、あとで紗綾から電話してあげるといい」

「あ……ありがとうございます」

実家に連絡を入れてくれたんだ。こういうとき、パートナーがいると助かる。

思いがけず結婚の実感を噛みしめていると、さらに清臣さんに言われる。

「紗綾の職場には、大事を取って数日休ませてもらえるようにお願いしてある」

「えっ。じゃあ、みんなシフトが」

「職場の人、すごくいい感じの人だった。紗綾に『気にせずゆっくり休んでください』って伝言をもらったよ。とりあえず、日曜日まで休暇をもらってる。明日にでも改めて紗綾から連絡して」

実家の次は職場……いや。連絡は必要なことだし、助かった。さすが清臣さん、気が利く……っていうか、待って。

冷静に思考を巡らせる。

私、職場には今回の結婚のこと、総務以外には伝えてなかったんだけど……。もしも、グループリーダーやマネージャーあたりに連絡したのなら、今頃大変なことになってるのでは。

「ええと、職場の人というと、リーダーの松田《まつだ》さんに……？」

私が慌てて確認すると、清臣さんは一瞬目を丸くした。なにか変なことでも口走ったかと不安に襲われる。

「そう。紗綾が所属している部署の責任者宛てに連絡したよ」

「あ、そ、そうなんですね。ありがとうございます、お手数をおかけしました……。松田さん、驚いてたでしょう。迷惑もかけたし」

驚いていたとして、その理由は私が一日入院したことよりも、『夫』から連絡が来たことが理由だと思う。

仔細《しさい》に話を聞きたいところだけど、私は忘れたふりをした手前、そんな質問投げかけられない。

懸命に取り繕っていると、ふいに清臣さんの手が私の頬に伸びてきて、心臓が飛び上がった。

「職場については覚えているんだな」

彼はなんともいえない表情を浮かべ、ぽつりと言った。

良心が痛む。身勝手な理由で咄嗟に嘘をついて……。

やっぱり、本当は全部覚えてるって、今のうちに謝ろう。出来心だったんだ、って。

そのあと、怒られても責められても仕方がない。

私をまっすぐ見つめる清臣さんと向き合い、唇を一度引き結んだ。

心の中で、三秒数えた直後に告白しよう。

そうして一から順に数え、『三』をカウントしてすぐ、口火を切った。

「ごっ、ごめ――」

私の謝罪は途中でかき消された。

なにが起きたのか、時間差で理解する。

……私、抱きしめられてる。

彼の広い胸の中に鼻先を埋めた状態に身体が強張《こわば》って、声どころか息すらままならない。驚いて反応した両手は、所在なく宙に浮いたままだ。

「いい。いいんだ」

清臣さんは低い声でささやいた。

壊れものを扱うように。けれども、どこか気持ちのこもった熱い腕で私を抱きしめ続ける。

これって、いったいなにが起きてるの？　彼の爽やかなオードトワレの香りに酔ってしまいそう。

茫然としていたら、清臣さんはゆっくり腕を緩めた。そして、おもむろにリビングのキャビネットへ足を向け、見覚えのあるリングケースを持って戻ってくる。

あれは、私が部屋のデスクの上に置いておいた結婚指輪じゃ……。

その真偽《しんぎ》を確認するまもなく、左手を掬い取られる。もしや、と思ったら予想は的中し、彼は私の薬指に指輪をはめた。

さながら本物の恋人同士みたいに。

「紗綾と一からまた始める。なにも問題はない」

清臣さんは今しがたつけた私の指輪を見つめ、そう言った。

も……問題大ありなんですが！

そう叫ぶのは心の中でだけ。現実にはひとことも発せずに硬直していた。

頭を打って病院で目覚めてから別世界へ来たのではと、ありえない仮説を立てたくなるほど動揺している。

「お茶でも淹れようか。紗綾は座っ……」

「なんで……？」

キッチンに行こうとした清臣さんに、すぐさま問いかけた。

清臣さん、本当になにを考えているの？

私は指輪をつけられた左手を包み込むように、両手を合わせ握る。

「こんな面倒な状況で、どうしていとも簡単に『問題はない』だなんて。私と離婚すれば済むことなのに」

自分の勝手を棚に上げて、彼を責めるような言い方は間違っている。だけど、あまりに理解できなくて問い質《ただ》したくなったのだ。

私の問いかけに、清臣さんはきちんと身体をこちらに向け直す。

「俺の中で、今その選択肢はないよ」

はっきりと否定され、頭の中が真っ白になった。

確かに一昨日の段階で、彼の決心は揺るがないものと感じていた。だからこそ、私が覚えていないふりくらいしなければ、折れてくれないだろうと思って。

瞳を揺らして愕然《がくぜん》とすると、清臣さんは一歩近づき、私の顎に指を添えた。軽く顔を上向きにさせられた拍子に、真剣な面持ちの彼が視界に映し出される。

「幸運にも結婚できたんだ。簡単にあきらめられない」

清臣さんも独り身という立場に窮屈《きゅうくつ》さを感じていたということ。こんなありえない条件の下《もと》、結婚してくれる相手などそうそう出逢えないということ。

それはわかっているけれど……。

「無理に思い出そうとしなくてもいい。俺が目の前のあなたを振り向かせられたらいいだけの話なんだから」

諭すようにやさしく言って、彼は再び私を抱き寄せた。

ねえ、清臣さん。これも全部、嘘だよね？　私たちが夫婦だと、そう演じる延長に過ぎないんでしょう？

心の中で疑問を投げかけても、当然返答はない。たくましい胸の中から、そろりと彼の顔を見上げる。

その答えは、今私の目に映っている彼の熱のこもった双眼から、私が期待するものではないと感じた。

——こんなの、私が考えていた展開と全然違う。

4. 本心

隣から規則正しい寝息が聞こえる。

俺はその心地よさそうな呼吸を耳にし、ほっとした。

昨夜、もう休もうかとなった際、しれっと彼女を自分の寝室へ促した。さもこれまで一緒に寝ていたかのように。

当然彼女は動揺していたが、俺が別室で休むことを許可しなかった。

これは自分の私欲のためではない。やはり頭を打ったとなれば、しばらく様子を見ていなければ不安だから。寝ている間に、もしものことがあったら怖い。

彼女にもその旨《むね》きちんと補足をして、了承を得たうえで同じベッドで寝たのだ。

とはいえ、隣に彼女が眠っていると思うと、冷静ではいられなかった。指一本触れなかった俺を、誰か褒めてほしい。

ベッドが極力軋まぬよう、そっと起き上がり、こちらに背を向けている紗綾の横顔を見下ろした。

昨日は、初めてふたりで家での休日をゆっくり過ごした。

俺を覚えていない彼女との時間は、案外大きな問題もなかったと思う。

それもそうだ。そもそも、覚えておくほどの共通の思い出がないのだから。

彼女の中にあるはずの俺との出来事といえば、展望デッキでの出逢いと、契約結婚の締結《ていけつ》。それに水族館デートとお互いの実家への挨拶。そして、パーティーと……彼女からの離婚の打診。

それらを約ひと月半で経験したのだ。その時期の記憶だけ飛んでいるとしても、なんらおかしくはないと変に納得してしまった。

ああ。あともうひとつ、共通の思い出があった。

俺は彼女の左手の指輪を眺め、自分の指にも対《つい》の指輪がはめられているのを確認しては、密かに口元を緩ませた。

我に返り、名残《なごり》惜しい気持ちで静かに寝室を出る。

今は朝六時をちょっと過ぎたところ。身支度を調えたあとキッチンに行き、コーヒーを淹れる。

紗綾は今日も休暇だが、俺はさすがに連日休めない。本当は、彼女が職場復帰する日くらいまでは一緒に家にいたいところだが。

コーヒーを淹れると、カップを片手にソファへ向かう。テレビをつけ、音量を下げてからソファに落ちついた。

テレビでは、お天気情報を空港の様子とともに伝えていた。

テレビ画面をぼんやり眺め、頭の中で状況を整理する。

紗綾が俺との契約結婚を覚えていないというのは、青天の霹靂《へきれき》だった。大きな衝撃を受け、頭の中が真っ白になった。

彼女とは利害一致の契約結婚をした関係だ。しかし、俺は彼女に明かしていない秘密を抱えている。

それは、今回の結婚は〝椿紗綾だったから〟彼女の投げやりな案に全面的に乗っかった結果だということ。平たく言うと、俺はすでに彼女に惹《ひ》かれていたのだ。

彼女を初めて見かけたのは、半年くらい前の――俺が空港から社に戻る際の駅のホームだった。

「おはようございます」

少し昔のことを回想しかけたところに、紗綾の声がして意識を現実に戻す。

慌ててソファから立ち上がり、彼女の元へ歩み寄った。

「おはよう。ごめん。起こした？　体調は？」

「自然と目が覚めただけです。体調も身体はちょっと痛いけど、ほかは変わりなく」

まだどこか他人行儀な笑顔なのは、今回の怪我の代償《だいしょう》ではない。記憶があってもなくても、俺たちの距離感はこうだった。

俺は彼女に気があった。だが、いきなり距離を詰める勇気がなく、仕事の延長と意識して接していた。その程度が警戒心を与えず、嫌悪感も抱かせずに済むと思った。

しかし、今ここにいる彼女は〝元々の距離感〟を忘れている。

だったら、なにも気にせずアプローチしてもいいはず。

「おいで」

そう言って彼女の手を取ると、一瞬ピクッと反応された。拒絶されるかと様子を窺うも、どうやら嫌悪されてはいなさそうな表情に見える。どちらかといえば、戸惑いといったところかもしれない。

手を引っ込められることもなかったため、俺はそのまま彼女の手を握ってソファへ促した。おずおずと腰を下ろした紗綾の正面に立ち、頭の包帯を丁寧に解《ほど》く。

「あ、自分で」

「いい。座ってて」

絹のような滑《なめ》らかな黒髪。あまりに艶《つや》やかで、うっかり指を通してみたくなる。

そんなよこしまな気持ちを抑え、包帯と患部を冷やしていた保冷剤を外した。それから、本当にそーっと彼女の後頭部に触れる。

「当然ながら、まだたんこぶがあるな。どうする？　まだ冷やそうか」

「だいぶ痛みも和らいでるし、大丈夫です。きっと。それに保冷剤をずっと巻いていると案外重いんですよね」

紗綾はこちらを見上げ、ニコッと笑って返した。

笑った顔はもちろん可愛いが……今のは〝営業用〟だろうな。『痛い』とか『つらい』とか、言ってもいいのに。

今なお、紗綾は俺を見て、お手本のごとく綺麗に口角を上げている。

これまで観察してきて、なんとなく思っていた。彼女はとてもやさしく、頑張りぐせがあって人に頼られるばかり。自ら誰かに寄りかかれないタイプなのではと。

実家からの結婚話もやさしさゆえに強く反発もしていなかったようだし、この間切り出された離婚も、自分の事情よりも俺を優先して考えた雰囲気を感じていた。

俺の前だけでも、もっと自分本位になってくれたら……。そうしたら、絶対にすべて受け止めるのに。

深い欲求を胸の奥にグッと押し込め、さりげない笑顔を作る。

「今日は家にいるんだよね？」

「ええ。怪我で休暇をもらってる身ですし……」

「それがいい。昼に一度帰ってくるから、一緒に食事しよう。なにか買ってくるよ。なにがいい？」

「えっ。そんなわざわざ。大丈夫ですよ」

クリッとした黒目をまんまるにして、両手を横に振る。そういった表情や仕草に胸を射抜かれる。俺は必死に平静を装って返した。

「心配なんだ。紗綾の顔を見たら安心して、午後の仕事も捗《はかど》るだろうし。車で片道十分かからない距離だから」

今ほど本社と自宅が近いことに感謝した日はない。

するとと、紗綾は少々考え込んでいたけれど、再び笑顔をくれる。

「わかりました。お昼はなにも買ってこなくていいですよ。なにか作っておきます」

「作る、だって？　安静にしていたほうがいいだろう」

「料理ですよ？　激しい動きするわけじゃないでしょう？　それに冷蔵庫にいろいろと入っていたものが、傷《いた》んじゃいそうですから」

彼女は間髪いれず、そう返してきた。俺は心配だったが、渋々承諾する。

「そこまで言うなら。けど、本当に無理は禁物」

ちょっと過保護な言動だったかと肝を冷やしたものの、紗綾は「わかりました」と静かに微笑んでくれた。

一日ぶりの出勤は、特に変わりない。

紗綾と知り合って以降、彼女の予定にいつでも合わせられるよう、これまで以上に集中して仕事を捌《さば》いていたのが功《こう》を奏《そう》した。優秀な補佐及び部下のおかげでもある。

まだ誰も見当たらない部署に足を踏み入れ、自分の席にカバンを置いたタイミングで声をかけられる。

「おはようございます、八重樫本部長。相変わらずお早いですね」

振り返ると、そこにいたのは黒縁メガネをかけた山田《やまだ》だ。

彼は俺が本部長となった一年ほど前から、本部長補佐としてサポートをしてくれている。

そんな彼は、どうやら俺よりも早く出社してきて給湯室でコーヒーを淹れてきたらしい。手にマグカップを持っている。

「おはよう。昨日一昨日と、急な調整と代理を頼んですまなかった」

「いえ。奥様のお加減はいいのですか？」

「ああ。でもまだ心配だから昼は自宅に帰るよ。午後の勤務時間に合わせて戻る」

「それは大変じゃないですか？　今日なら午後休にされても問題なさそうですが」

山田はマグカップをデスクに置くなり、デスクトップ画面に顔を近づけて手際よく仕事状況を確認してそう言った。

「ありがとう。でもそうすると、妻が罪悪感を持ってしまいそうだ。気持ちだけ受け取っておくよ」

彼は一瞬驚いた顔をしてみせた。大方、『愛妻家』の姿に面食らったのだろう。もうずっと、恋人はおろか浮いた話もなかったから。

「くれぐれも、今回の事故については周囲の耳に入らないように。特に父たちには。余計な心配をかけたくなくてね」

「わかりました」

ものわかりのいい彼には、もはや公私ともに助かっている部分がある。

俺は「ありがとう」と再度伝え、椅子に座った。パソコンを立ち上げ、メールとスケジュール、現在進行中の案件の進捗《しんちょく》などの確認を始める。

さすがにこの二日間はいろいろあって集中力が切れがちだったから、今日はしっかり立て直さなきゃな。

メールをさくさくと振り分けながら、頭に紗綾のことが過った。瞬間、マウスを握っていた手がピタリと止まる。

一昨日、離婚の流れになったときには気が気じゃなかった。とりあえず動揺を隠して繋ぎ止めた自分を褒めたい。

そして、すぐにどうすれば彼女の気持ちを変えられるか頻《しき》りに考えていた。ちょうど入籍一か月だと気づいた俺は、すぐさま休憩時間に花を用意した。

挽回するチャンスをくれと頼んだものの、そのときに具体策は浮かんではいなかった。とにかく、まずは俺に対する不安を払拭《ふっしょく》するところから始めようと、その決意を花にして贈ろうと思い立ったのだ。

彼女のイメージに合う花をオーダーし、どんな顔をして受け取ってくれるかを想像して帰宅を楽しみにしていた。その直後だった。紗綾が病院に搬送《はんそう》されたと連絡が来たのは。

血の気が引き、搬送先をメモしながらすぐにでも駆け出したい衝動に駆られた。

前の晩のあんな会話が最後になるかもしれないなんて、耐えがたい。離婚とそのお詫びを……と申し訳なさそうに語る彼女が最後だなんて、絶対に嫌だ。

もっと彼女のいろんな表情を誰よりも近くで見たい。営業スマイルも嫌いではないけれど、心からの笑顔を俺に向けてほしい。

共通の思い出をひとつずつ重ね、感動を共有し、いつか振り向いてくれたらいい。

行く末には、俺をあなたの〝特別〟に——。

目の前に転がってきた〝期間限定結婚〟という幸運を手にそう願って、『これからだ』と思っていた矢先のこと。

動転しながらも、俺はどうにか冷静になって山田にあとの指示を残し、病院へ駆けつけた。

そうして退院後、俺との記憶だけがない状態の彼女から、さらにはもう一度『離婚』の言葉を突きつけられ、堪らず抱きしめていたのだ。

記憶があってもなくても、戻っても戻らなくても俺の意志は変わらない。

パソコン画面を見つめ決意を再確認していると、山田に話しかけられ意識を現実に引き戻す。

「本部長。XZAL社の担当者から打ち合わせ日の連絡が来てます」

「最短日程で調整してほしい。できるだけ早く進めたい案件なので」

彼は「承知しました」とすぐさまキーボードを叩き始め、ふと途中で動きを止めてつぶやいた。

「確かこの企画を立ち上げた頃からですね。八重樫本部長の雰囲気が少し変わったと感じていました。気のせいかもしれませんけど」

そんな些細な変化に気づいている人がいるとは思わず、山田を凝視した。彼はこちらの視線に気づかずに、再び指を軽快に動かしている。

俺は片手を口元に添え、小さく笑った。

「さすが。よく見てる。転機ってやつさ」

俺はハイバックチェアに身体を預け、口を開いた。

彼の言う通り、ちょうどその頃だ——紗綾と出逢ったのは。

あのときの俺は、今思えば少々ひねくれていた。仕事も明確な目標が見えないまま、私生活でもうまくいかない、そんな日々を送っていたから。

たったひとり。自分にとって唯一の女性を、大切に想って付き合っていきたい。

そんな理想を、ことごとく裏切るような相手としか縁がなかった。俺に興味を抱く理由は、容姿や肩書きだけ。そういう相手ばかりだった。

毎回付き合ううちに、そういった腹黒い部分が見え隠れして、いささか嫌気がさした俺は女性を敬遠し始めた。

そんな時期だった。空港で業務中の紗綾が、俺の落としたスマートフォンを拾い、笑顔で差し出してくれたのは。

俺はそのとき、例に漏れず自身を防衛するため、彼女に素《そ》っ気《け》なく対応した。

しかし、彼女は笑顔だった。当たり前だ。仕事中なのだから、たとえ面白くない状況に出くわしても表に出さずにやりすごす。それがプロというものだろう。

漠然とそう思ったことが、自分の偏《かたよ》った経験から来る決めつけだったということを、のちに知ることとなるのだけれど――。


正午を迎え、昼休憩の時間きっかりに席を立つ。

さりげなく部署を出て、車を止めている場所へ急いだ。

車を発進させ、急く気持ちをどうにか抑えて法定速度を守って走行する。すると、出発してすぐ、車内のスピーカーからコール音が流れた。接続の設定をしているスマートフォンの着信音だ。

ナビゲーションシステムに表示された相手を確認すると、久しい名前に驚く。

「もしもし」

通話を繋ぎ声をかけると、そいつは変わらず明るい雰囲気で応答する。

『キヨ！　結婚したんだって？　親から聞いたよ。事前報告どころか、事後報告も本人からないってどういうことだよ。水くさいな』

この男は、政埜尚美《まさのなおみ》。中学生からの同級生だ。

ナオは昔から懐《なつ》っこく、人当たりのいいタイプの人間で、いつも周囲に人がいるイメージ。それなのに、なぜかナオ自ら寄っていく先が俺のところで、結局二十年近くも付き合いを続けている。

彼の家は大手製造小売業を経営していて、主にアパレルからインテリアを主軸としており、海外でも人気のあるブランドだ。しかし、彼はそのまま黙って後を継ぐことをせず、今あるブランドコンセプトを活かした飲食店事業を新たに始めた。

結果、事業は当たり。今や何か国かに渡って出店し、忙しくしているのは噂に聞いていた。

「いろいろ忙しかったんだよ。ついでに言うと、今も忙しい。じゃ」

『ちょっと待てって！　久々に帰国したんだ。近々食事でも一緒に行こう。もちろん、キヨの奥さんも』

俺が半分冗談、半分本気で通話を終わらせようとしたら、ナオが慌てて話題を差し込んできた。

「今、妻はちょっと体調を崩してるんだ」

『夏風邪か？　ならすぐは無理か……。まあでも、俺今月中は日本にいるから』

「わかったよ。また連絡する」

怪我の経過がよくなっても、紗綾の記憶があのままなら……俺の友人と食事にと誘っても困った顔をさせるだろうか。

信号待ちの際、そんなことを考えてしまう。

『だけど、どういう風の吹き回しだ？　てっきりもう独身至上主義かと思っていたキヨが、あっさり結婚するなんて』

スピーカー越しにナオのからかう声が飛んできて、我に返った。

「誤解を招く表現はやめてくれ。俺は別に独身にこだわりはなかった」

『冗談だよ。当たり前だろ？　キヨがこれまで、どれだけ報《むく》われない恋愛をしてきたかは俺が一番よく知ってる。いい相手と巡り会わなかっただけだ』

ナオはやさしい声音で言った。おそらく、同情にも似た感情が込められているのだろう。俺の少ない女性遍歴を知っているのはナオくらいだから。

彼の態度に、別に怒りや惨めさを感じることもない。

『本当のキヨは〝尽くしたい溺愛系〟だもんな。本来結婚にぴったりなタイプだと思うよ。なのに、どの相手もどんどんキヨのやさしさを勘違いして、図々しくなっていって。……ああ。思い出してたら俺がキレそう』

普段はふわっとした男なのに、こんなふうに急に低い声を出すのがナオだ。彼の豹変《ひょうへん》ぶりには慣れているため、特段驚きはしない。

「もういいよ。過去のことは」

きっぱりと言ったタイミングで信号が青に変わり、アクセルを踏んだ。

今の発言は強がりではなく、過去について、本当に微塵も感情が動かない。

若さゆえに人となりを察する力がなく、結果そうなっただけ。どの相手も向こうから近づいて、俺が完全に心を開かないと悟るとさっさと去っていった。

『で？　今度こそ、いい相手に巡り会ったと信じてもいいのかな？』

ナオの質問は、なにごとにも真面目に取り組み、誰に対してもやさしい彼女を思い出させた。

俺が落としたスマートフォンを紗綾が拾い上げてくれた、あの日の話の続きだ。

スマートフォンが故障していないか心配しながら手渡してくれた彼女と、俺は目もまともに合わせず、聞こえたかどうかというほどの声でお礼を言ってその場を立ち去った。それきりだと思っていた数時間後、偶然にも駅のホームで彼女を見かけた。

仕事終わりであろう彼女は私服姿でも姿勢が美しく、俺は思わず見入っていた。

すると、彼女はふいにバッグからスマートフォンを出した。どうやら音声着信だったようで、会話を始める。もちろん内容はわからなかったが、少々感情的になっているようで、ついそのまま様子を盗み見た。そして、徐々に身体を小刻みに震わせ、大きな瞳から涙をこぼしたのを目撃してしまった。

自分が原因ではなくても、女性の涙というものは動揺させられる。少し離れたところからひとりハラハラして見ていたら、彼女は通話を終えて俯いた。

あれは長引く雰囲気かな。まあ、いろいろあるのだろう。

俺にとっては他人事でしかなく、彼女から視線を外そうとしたそのときだった。目尻を拭い、顔を上げたと同時に露わになった、彼女の凛《りん》とした表情に目を奪われたのだ。

気づけば胸が高鳴っていて、いつまで経っても彼女から目を離せない。たくましく前を見据えるその横顔が、美しかった。

食い入るように見ていたら、彼女がこちらを振り返りかけた。俺は慌ててスマートフォンを見ているふりをして背を向けた。次の瞬間、歩行中の人と接触し、スマートフォンが勢いよく地面を滑っていった。それを、あろうことかまた彼女が拾い上げ、手渡してくれたのだ。

つい数分前、彼女は確かに打ちひしがれた雰囲気だった。……にもかかわらず、制服姿のときと同じ、あの柔らかな表情で。

「……今でも思い出せる」

俺はナオと通話中なことも忘れ、ぽつりとつぶやいた。

公共の場で涙するなんて、よほどのことだ。なのに彼女は瞬時に気持ちを立て直し、さらには他人の俺をすぐ気遣える人。

当時俺は、自身もまた人を気遣える人間だと心のどこかで驕《おご》っていたが、俺は違っていた。そういう人というのは自分の状況など二の次で、どんなときでも誰が相手でも、笑顔で振る舞える人なのだと知った。

以降、空港へ足を運んだ日には、決まって彼女の働く姿を探すことがくせになった。そのくらい、ずっと気になっていたのに彼女に声をかけられなかったのは、単純に自分に自信がなかったせい。

彼女はこれまで出逢った女性たちにはいない、どこか芯のあるまっすぐな女性だと直感していた。

彼女は輝く内面で人を惹きつける。対して俺は、これまで容姿や肩書きなどのステータスしか見られていなかったから。

過去の経験から、ありのままの俺ではなんら魅力がないのではと気づいた。途端に臆病な自分が顔を覗かせた。だって、彼女はきっと、ステータス《そういうもの》で心が動く女性ではない。だから、自分でも驚くくらい慎重になってしまった。狡いとわかっていても、彼女に振り向いてもらいたかったのだ。

その結果、直接言葉を交わしたときは、少しずつ距離を縮められるいい機会じゃないかと頭を過って、衝動的に偽装夫婦になる話を持ちかけてしまったが……。

『キヨ？　どうした？』

「いや。まあ……どうだろうな」

『は？　おい。どうだろうなって、なんだよ。まさか、また』

「違う。彼女は人を利用するような女性じゃない。すごく気を遣ってくれてるよ」

いい相手に巡り会えたと思っている。ただ、彼女も同じかは……微妙だ。

表向きは夫婦でも、ふたを開ければ俺の片想い。それでも、数日前まではふたりだけの秘密を共有した仲だったから、ある種の特別な存在ではあった。だが、彼女が覚えていないとなった今は……。

自宅マンションの駐車場に入り、車を止める。直後、無意識に俯いていたが、すぐに発想の転換をして顔を上げた。

紗綾がなにも覚えていないということは、再びゼロからのスタートといっても過言じゃない。

でも嘆くことばかりではない。結婚の経緯の記憶がないのだったら……この間までの俺を覚えていないなら、抑えていた本来の感情を曝《さら》け出してもいいじゃないか。元々結婚期間内に、彼女に俺を好きになってもらおうと計画していたのだから。

今の彼女は、俺たちの結婚は契約結婚ではなく恋愛結婚だと思っているはず。それなら前向きに意識してもらえそうだ。

気持ちを奮い立たせ、エンジンを切る。そしてスマートフォンを直接耳に当てた。

「ああ、そうだ。お前のベッド、処分したから」

『ええっ！　じゃあ泊まるとき寝るとこないだろ。キヨの家で朝まで飲む楽しみが』

「ない。どうせいつもホテルも取ってるだろう。それに俺はもう妻帯者だ。簡単に家には泊めないよ。家に着いたから、もう本当に切るぞ」

スマートフォンの向こうで大げさに嘆くナオをよそに、すでに気持ちは紗綾へと向かっていた。

『まったく、相変わらず本命以外にはクールだなあ。あまりそのギャップで奥さんを驚かせるなよ。じゃ、連絡待ってるからな』

ナオは最後まで余計な言葉を口にして、通話を切った。

「……言われなくてもわかってるよ」

ロック画面を見ながらつぶやき、気を取り直して車を降りた。それから、家に着くまでの廊下という廊下を、足早に歩く。

自宅の玄関を開けて「ただいま」と声をかけると、紗綾がリビングに向かう通路から、ひょっこりと姿を現した。

「おかえりなさ……い」

よそよそしい雰囲気の紗綾を、俺は躊躇わずにハグする。

「なっ……なにを……」

しどろもどろになる彼女の顔を覗き込み、微笑みかけた。

「元気そうでよかった」

すると、途端に紗綾は頬を赤く染める。

「大げさですよ。病院の先生も異常はないって」

「今回の怪我ならどれだけ心配したって、しすぎってことはないだろう」

階段から転落して病院へ運ばれたと連絡を受けたときは、本当に心臓が止まるかと思うほど驚いた。紗綾の顔を見るまでは、心配で不安で堪らなかった。

すぐに退院できたのはよかったが、まだ完全に回復したわけではないから、過保護と言われようと気にかけ続けようと決めている。

「時間ないですよね。すぐ準備しますから、座っててください」

紗綾は俺に背を向け、キッチンへ行ってしまった。

俺は上着を脱ぎ、手を洗ってダイニングチェアに落ちつくと、キッチンにいる紗綾を観察していた。

彼女の料理を食べてはいたけれど、こうして準備しているところをじっくりと見たことはなかったかも。特段めずらしい行動を取っているわけではないのに、紗綾だと新鮮な気持ちで見てしまう。

エプロンをして、髪は無造作にひとつ結び。化粧もオフの今日は薄っすらとしたものので自然体だ。仕事中なら規則が厳しく、髪型はきちっと纏め、化粧ももうちょっとはっきりしているからまた違って見える。

素の彼女が目の前にいる贅沢《ぜいたく》を噛みしめ、視線を送り続ける。

「お待たせしました」

華奢《きゃしゃ》な手で運んでくれたプレートには、美味しそうな和風パスタが盛りつけられていた。続いて、グリーンサラダにコンソメスープを出される。

「まるでどこかの店のランチセットみたいだ」

「それは褒めすぎです。お口に合うといいのですが」

「リビングに入る前から、いい香りがしていた。絶対美味しい。食べる前から匂いでわかる」

こんなふうにストレートに言えば、彼女はまた『大げさです』と困った顔をするかもしれない。

そう思っていた、次の瞬間。

「ふふ。おかしい」

紗綾が軽く握った手で口元を隠しつつ、声を漏らして笑った。ふいうちの笑顔にドキッとし、彼女から目を離せない。

「私も一緒にいいですか？」

「当たり前だろう。それを楽しみに帰ってきたのもあるんだから」

そうして向かい合って食事をする。

たわいのない会話を交わしながら、あっという間に食事を食べ終えた。少し遅れて紗綾も綺麗に食べ終えてカトラリーを置く。

「そういえば、今日も母から電話がきて思ったんですが。記憶がないこと……清臣さん、うちの両親に話していないんだなって」

「ああ。余計な心配かけるかなと思ってね。俺とのこと以外は覚えていそうだったし、もし必要なら紗綾から話したほうがいいだろうから。ちなみに、うちの親には今回の事故自体話してないよ」

紗綾の両親はともかく、うちの親にまで今回の事情を話せば紗綾は恐縮し、気持ちも混乱したり落ちつかなくなりそうだと踏んだ。

なにより、周囲の意見が多くなると、真面目な彼女なら結論を急いで俺の求める方向とは別の方向へ進んでしまう気がした。

「ありがとう。本当になにからなにまで気を遣ってくださって」

彼女は申し訳なさそうに眉尻を下げ、笑いかけた。

昨日俺が『無理に思い出そうとしなくてもいい』と言ったからか、彼女はこれまでの俺たちについて、根掘り葉掘り聞いてはこなかった。

逆に気を遣わせている可能性も考え、こちらから少しだけ話題を振る。

「紗綾は今も以前も変わらないね」

唐突だったせいか、彼女は目をぱちくりとさせ固まった。

俺は空になった皿を一度見て、彼女に微笑みかける。

「今のあなたにとって、俺は見知らぬ男で他人だ。だけどこうして食事を作ってくれる。逃げずに向かい合って一緒に食べてくれる」

紗綾は視線を泳がせながら、たどたどしく答える。

「あ……。だって、今の私……行く場所もない……みたいだから」

「あなたにとって俺は知らない人のはずだろうから、もっとあれこれと質問攻めされるかと思った」

逆の立場だったなら……と想像したら、俺ならそうしている。どんな理由にせよ、すぐさま荷物を纏めて実家に帰る、と行動しなかったのがうれしい。

紗綾は小さな肩を窄め、ぼそっと答える。

「えっと、なんか昨日まではどこかぼんやりして……現実味がなかったっていうか。そこまで頭が回らなくて。そ、それに清臣さんは悪い人じゃなさそうだし」

俺を一瞥してそう言うと、恥ずかしそうに顔を背けた。

「本能的に信用してくれてるのかな。そうだとしたら、うれしいけど」

「え？　ど、どうでしょう」

ふと、たじろぐ彼女の手元に目がいった。その左手には、今朝までつけていたはずの指輪がない。

「紗綾、指輪は？」

「あっ。……料理してたから」

彼女が席を立ち、気まずそうにキャビネットの小物トレーへ指輪を取りに行く。

ひとまず相応の事情があって一時的に外したと受け止め、ざわめく気持ちを落ちつかせる。

すると、彼女は自分の手のひらに載せた指輪を見つめながら、ぽつっとこぼした。

「もし……もしも、私がこのままだったら……困りますよね？」

嫌な予感が胸をざわつかせる。

俺は懸命に平静を装って、笑みを浮かべて返した。

「どうして？　なにも困らないよ」

この流れは、きっと俺から離れようとするやつだ。

そう直感し、表情は笑顔を保ちつつ、頭の中は彼女を引き留める術《すべ》をフル回転で探る。しかし、こちらが策を講じる前に、彼女が口を開いた。

「だけど、清臣さんの将来にも支障が出るというか……。やっぱり、婚姻関係を清算したほうが――」

「その辺は焦らなくてもいいだろう？『気長に』と、医師も言っていた」

思わず彼女の言葉を遮った。心なしか口調も少しきつくなっていたかもしれない。彼女を怯えさせてしまったかもしれない不安に襲われていると、紗綾はわずかに俯いた。

「……そうですか」

心なしか、がっかりしたようにも見えて焦慮《しょうりょ》に駆られる。

「ああ、もう戻らなきゃな。美味しかった。ありがとう。ごちそうさま」

半ば強引に話題を終わらせ、俺も椅子から立ち上がって食器をキッチンへ下げる。

「ごめん。洗い物は夜に食洗機で済ますから、今はここに」

「はい」

俺の目を見てくれない彼女に一気に不安が急加速する。堪らず彼女の元へ足を向け、肩を抱き寄せて旋毛にキスを落とした。

彼女はゆっくりと俺を見上げ、ほんの少し潤んだ瞳を向けてきた。

「行ってきます。夜も早く帰れるようにするから。また連絡する」

——そうだ。焦るな。巡ってきた二度目のチャンスを、みすみす手放すわけにはいかない。

慎重に。少しずつ、確実に。彼女の記憶がないという今なら……。余計なしがらみなど忘れて、きっと本物の夫として向き合ってくれる。

俺は彼女にありのままの自分を見せ、そして好きになってもらう。

「週末は散歩に出かけようか。まだ身体が心配だから近所をちょっとだけ。日中は暑いだろうから午前中にでも。どう？」

「いいですね。ずっと家にいるのも退屈しそうなので」

玄関先で週末の約束を交わし、紗綾に見送られて玄関を出た。

エレベーターホールへ向かいながら、今一度心に決める。

大変な事態を逆手に取ってまで彼女を振り向かせようだなんて、ひどい男だという自覚はある。

でも、紗綾が記憶を失う前も後も、この気持ちに嘘はないから。

5. 夫婦の告白

あれから一週間。

今週月曜には経過報告を兼ねた診察予約があったため、再度病院へ行った。

すると、お医者さんには日常生活に戻っても差し支えないだろうと言われ、ほっとした。

記憶については、『焦らず長い目で』と念を押され、実際には覚えている私は心苦しく感じながらも「はい」と答えた。

その後、パンプスを新しいものに買い換え、無事に職場復帰を果たした。

これで万事解決……とならないのは、私が清臣さんに記憶がないと偽っているせいだけではなかった。

そう、私が結婚している事実が職場で周知されてしまっていたのだ。

清臣さんがリーダーの松田さんに連絡を入れたと聞いたときに懸念していたことだけど、いざ出勤したら周囲からの視線や、同僚……特に留美からの質問攻めは想像以上にすごかった。

これでもし、相手がNWCの後継者だと知られでもしたら、もっと騒がれる。

どうにか清臣さんの正体だけは知られまいと、当たり障りのない回答をしてかわし、数日後。事件は起きた。

早番の仕事を終え、ちょうど引き継ぎが済んだタイミングで、突然清臣さんが私の持ち場にやってきたのだ。

なにごとかと混乱している私を差し置き、彼はリーダーの松田さんを訪ね、『妻がご迷惑とご心配をおかけしました』と菓子折りを持って改めて挨拶をした。

これには私だけでなく、松田さんを含むスタッフみんなが驚いていた。

そうして最後にも、『今後とも、妻をよろしくお願いいたします』と深々と頭を下げ、私と一緒にその場をあとにしたのだった。

帰りの車内でハンドルを握る清臣さんに、尋ねる。

「わざわざ私の職場に挨拶するために空港まで来たんですか？」

まさか職場に清臣さんが来ちゃうなんて。私が急遽《きゅうきょ》休暇をもらったお詫びなら、私からすでにしていたし、そこまで気を遣わなくてもよかったのに……。

清臣さんは容姿や立ち居振る舞いから、なにか特別なものを感じさせる人だし、NWCホールディングスの後継者だと気づかれるのも時間の問題かもしれない。それこそ、前に留美が社食で噂話を聞いているし、当然空港内はうちの会社だけでなく清臣さんの会社も入っているわけで……。どこからか話が漏れてもおかしくはない。

これじゃあ離婚したときに、ものすごく注目されてしまう。でもそう考えると、清臣さんだって、自社だけでなくXZAL社の人たちからもいろんな目を向けられちゃうよね？　それももう、今さらどうにもできないのかな……。

清臣さんの面目をつぶさない方法を頼りに考えていると、彼はどこ吹く風といったふうに朗らかな顔を見せる。

「ああ。本当はもっと早く来たかったんだけど、仕事の都合がつかなくて。でも今日は時間作れたから。だったら、紗綾と一緒に帰れる時間がいいかなと思ってね」

やっぱり、清臣さんのやさしさの種類が明らかに違う。

以前は私との距離を適度に保ち、踏み込まないやさしさだった。比べて今は、第三者が見てもわかりやすいストレートなやさしさで、それが彼を別人に思わせる。

その後、私だけが内心ぎくしゃくしながら会話を続け、約三十分で自宅マンションに到着した。

私はキッチンに立ちながら、帰り際に部署内の全員から浴びた温かく見守るような視線を忘れられずに思い返していた。

ああ。どうしよう。明日以降ますます質問攻めが増えそう。

無意識に息を吐いたところに、視界の端に人の気配がして我に返った。

見れば、隣にワイシャツの袖《そで》をたくし上げた清臣さんが立っていた。しかも、手を丁寧に洗っている。

「えっ。ど、どうしたんです?」

茫然と清臣さんを見つめると、こちらをちらりと見て「ふっ」と笑った。

「俺も一緒に料理する。と言っても、得意ではないんだ。指示をくれるとうれしい」

軽く首を窄め、目尻を下げてくしゃっと笑う顔は、まるで子どものようで、可愛らしく見えた。

クールだったりやさしかったり、カッコよかったり可愛かったり、本当狡い。

「清臣さん料理をしないのに……。無理しなくても」

「紗綾のそばにいたいんだよ」

そんな答えをさらりと口にできたのは、演技をしているからだ。用意していた答えだから、そんなふうに……きっとそうに違いない。

都合のいい解釈を胸の内でつぶやきながら、野菜の皮をむく。すると、まな板の上の野菜に手が伸びてきて、反射で彼を見た。

清臣さんは、ニコッと笑う。

「せっかく一緒に帰ってこられたからね。それに、今からでも少しずつできることが増えれば、紗綾の負担も減らせる」

私は包丁を持つ手を止めたまま、清臣さんを瞳に映していた。

私が咄嗟に嘘をついた日から、清臣さんが変わった理由をずっと探し続けていた。

もしかして、事故直後だから身体を労わってくれていて、すべての言動はその延長……とか？　それなら納得がいくし、こんなに悩まなくて済むのだけど。

私の手が動いていないことに気づき、清臣さんは心配そうな顔で覗き込んでくる。

「具合よくない？　無理しないで休んで」

「いえっ。大丈夫です。ちょっと考えごとしてただけなので」

彼が変わった理由がどうであれ、その言葉や行動に振り回され、意識していることは事実だ。でも驚かされることはあっても、不快だと感じたことは一度も……。

私はそこまで考えかけたものの、料理に没頭し現実逃避をした。

布団の中で今日の出来事を反芻《はんすう》する。

並んで料理するのは、初めは緊張したけど案外楽しかった。

家族以外の誰かと一緒に食事を作って食べるって初めてだから、こんなにも印象強く残っているんだ。

……でも本当に理由はそれだけ？

薄手のかけ布団の中に手を潜らせた拍子に、清臣さんの腕に触れた。瞬間、心臓が大きな音を立てる。

もう日常に戻っていいって言われたのに、なぜかまだ一緒に寝ている現状にドキドキする。

だって、清臣さんがいつまでも『心配だ』って解放してくれないから。

頭の中で彼のせいにして言いわけを浮かべ、ぎゅっときつく目を閉じる。うっかり気を緩めたら、清臣さんがどんな顔をしているのか見たくなりそうで。

あまり体勢を変えるのも不自然そうで、なるべく動かず呼吸も小さめを意識する。

そのとき、彼が動いた拍子に手が触れた。思わずピクンと指が動く。

次の瞬間、手を上からやさしく握られた。

大きな手に包まれ、エアコンがついているにもかかわらず汗が噴き出しそう。全神経が左手に集まって、身動きが取れない。

手を跳ねのけず受け入れると、清臣さんはごく自然に手を繋ぎ直した。

自分の心音がうるさい。繋いでいる手までも脈打って、伝わってしまうのではと心配になるほどの大きさだ。

ああ、もうだめ。寝ているふりできない。というか、きっと寝てないことも繋いだ手から感覚で気づかれていそう。

限界を迎え、私は瞼を開けて、清臣さんへゆっくり顔を向けた。すると、清臣さんも静かに顔をこちらに倒し、ジッと視線を送ってくる。

「……清臣さんって」

本当に私を好きなの？

彼の私を見つめる瞳がなんだか特別な意味を含んでいる気がして、つい口を滑らせかけた。しかし、即座に顔を上向きに戻し、言いかけた言葉を打ち消す。

「やっぱりなんでもないです」

自惚《うぬぼ》れた質問すぎて、聞けるはずない。というか、それを聞いてどうするの？　肯定されても否定されても、微妙な空気になるだけじゃない。

視線をふいっと逸らした矢先、清臣さんが言う。

「俺が紗綾を好きになったのは去年」

その答えに思わず耳を疑った。

去年って……。嘘よ。だって、私たちが会ったのはあの展望デッキで……四月のことだった。

私が覚えていないと思って情報を捏造《ねつぞう》してる？　でもそうだとして、嘘の情報といい一変した態度といい、それらの意図はなんだろう。やっぱり、私が離婚を切り出したから、それを回避するため？　けれど、私の手を握っている彼の手はとても演技に思えない。

部屋が暗い中、晴れない気持ちで清臣さんを見つめ続ける。彼は小さく笑って、穏やかな声色で続けた。

「俺は先に紗綾を知っていた。ああ、言葉も交わしたことはあったよ」

「えっ？」

「って言っても、紗綾は業務の一環として俺に接していただけだろうけど」

そういうこと……。いや、だけど、そんな話一度も聞いたことがない。

本当の話？　わからない。自分が『記憶がない』と偽ってしまったがために、『なぜ初めにその話をしてくれなかったの？』と問い質す術もない。

「全部……初めて聞きました」

無意識に口からこぼれ落ちた。すると、彼はクスッと笑う。

「それは、紗綾に俺との記憶がないせいじゃない？」

もっともな指摘にギクリと肩を揺らす。私はあたかも納得した様子で、「そうですね」と笑って嘘を重ねた。

彼は天井を眺め、懐かしむように話してくれる。

「その日は出張から戻った日でね。空港内を急いで移動していたら、スマホを落として……拾って渡してくれたのが紗綾だった」

私が清臣さんに？　特段めずらしい出来事でもないから、まったくピンと来ない。

「俺は紗綾に対して、お世辞にも感じのいい態度ではなかったんだ。それなのに……」

清臣さんは苦笑して続ける。

「『壊れていませんか？　大丈夫ですか？』って、心底心配したふうに声をかけてくれた。『大丈夫』って答えたら、心から安心した様子で笑顔を見せてくれて」

それもまた、ごく普通の対応に思えるから、清臣さんがどうしてそんな些細なことを覚えてくれているのか不思議だ。

「ＸＺＡＬもうちも、スタッフはみんな礼儀正しくきちんとしている。なのに、紗綾の印象だけはいつまでも残っててね。相手がＰＡＸ《搭乗客》でもスタッフでも、常に相手の目線に合わせる、笑顔が素敵なGSだと思ったよ」

「そんな……もったいないお言葉です」

ふいうちの褒め言葉に恐縮するばかり。関係者に……それも他社の上層部にいる清臣さんに見られていたと知り、今さらながらそわそわしてしまう。

彼は徐々に熱のこもった様子で話をする。

「頑張り屋で、いつも自分で自分を奮い立たせ、ヒールのある靴を履いて背筋を伸ばしている姿はとても眩しい。今日も改めてそう感じた。紗綾の表情や声、手の動きに至るすべてから、仕事を誇りに持っていること、大切だってことが伝わってくる」

部屋が真っ暗だから、彼の表情は鮮明にはわからない。そのせいで声に意識が向いているのか、とても真剣に……そして、まるで自分のことみたいにうれしそうに話してくれていると感じる。

ずっと頑張ってやってきた。自分が選んだ道だったから、弱音も吐かなかった。だけど、つらいこともももちろんあった。それでもやっぱり、憧れていた場所に立てている自覚を持って、仕事が楽しいと思える自分を誇りに持って走り続けている。

そういう私を見ていてくれたような気がして、尊重してくれている気がして。どうしようもなく胸が熱くなる。

「そういうあなたを見たとき、俺も頑張ろうって自然と士気が上がった」

私は繋いでいる手を握り返しそうになるのを、グッと堪えた。

落ちついて。冷静になって。清臣さんは、上に立つ資格と資質を持っている人だ。個人的に私を特別視したわけではなく、雇用者側の視点で捉えてくれたに過ぎない。結果、私を信用に足る人間だと判断して、契約結婚の相手に選んだだけのこと。

「えっと、今のは全部、経営者目線で感じたことですよね？　光栄です」

自ら防御線を張った。あとはこの手を離し、やたらと跳ね回る鼓動を落ちつかせればいい。

そうして手の力を緩めたものの、清臣さんがしっかり掴んで離さない。それどころか、手を引き寄せられる。

「それは否定できないけど、俺は経営者側の視点よりも、ひとりの男としてあなたに惹かれたという話だよ」

「ひとりの……って」

「今にも押しつぶされそうって顔をしていたのに、それでも自力で前を見た横顔は本当に綺麗だった。あなたのたくましさに影響を受けて、もう惰性《だせい》で過ごすのはやめようと思ったんだ」

話の内容についていけない。いったいいつの話？　仕事中のこと？　さっぱり見当もつかない。……なのに、彼がでたらめを言っているとは到底思えない。

こんなにも、まっすぐ向き合う双眼を前にしたら……。

全部真実なの？　だったら、なんで初めに話してくれなかったの？　どんな気持ちで契約結婚をしようって持ちかけたの……？

次から次へと知る新たな情報に、ストレートに聞いてしまいたい衝動に駆られる。

でも、全部飲み込んで、ぽつりと言った。

「ありがとうございます」

「いや。お礼を言いたいのはこっちのほう。おかげで仕事もプライベートも充実したものになっているからね」

私は清臣さんの言葉に、首を横に振る。

「今日迎えに来てくれたこと。夫として職場に挨拶をしてくれたこと。あと……私を見ていてくれたこと。私の心を想像して理解しようとしてくれたことも」

もっと早く聞けていたら、こんなありえない嘘をつかなかったかもしれない。

そもそも、突拍子もない契約結婚なんて実行せず、思いとどまったかも——。

「だったら、なにかないの？」

清臣さんは私の頬を撫で、悪戯《いたずら》っぽくささやいた。こちらを試すような視線と指先に、どぎまぎする。

「なにかって……どういう……」

掠れた声でようやく尋ねると、彼はクスッと笑う。

「ご褒美《ほうび》」

「ご、ご褒美!? 急すぎて……すぐに用意、は」

すると、彼は繋いでいた手を離し、ギシッとベッドを軋ませて体勢を変える。右手で支えて上体を軽く起こし、私を見下ろした。

心臓がバクバクいっている。解放された左手を胸の前で握りしめる。

「本当はわかってるだろう? 俺が一番ほしいものは、なにか」

艶っぽい声で言うなり、頬に置いていた手が徐々に唇へ滑り落ちてくる。そのまま、すらりとした指で首筋をなぞられ、身体の奥が甘く震えた。

彼の目から逃れられない。

気づけば互いの吐息を重ね合うほどの近さになっていて、瞼を伏せた数秒後に唇を塞がれた。

こんなに恥ずかしくも、もどかしいキスは初めて。

気持ちは確かに膨《ふく》らんでいるのに、感情のままにぶつかっていけない現状に苦しめられる。

どれも自分が蒔《ま》いた種たちだ。

彼がおもむろに口を離し、長い睫毛《まつげ》を押し上げた。そして、色っぽい視線を注ぎ、形のいい唇を小さく開く。

「紗綾……もう少しだけ、いい？」

低く甘い声音で言って、次に唇を重ねたときは一度目と比べて深かった。

「……っん、ふ」

思考をとろとろに溶かされるキスに酔いしれる。今だけなにもかも忘れ、この快楽に溺れてしまいたい。

身体と身体が密着し、清臣さんの重さを感じる。

だけどこの苦しさは彼の身体の重みじゃなく、自分がしたことへの後悔だけがそうさせていると、はっきりわかっていた。

そして、土曜日を迎えた。

あの夜以降、私は明らかに清臣さんを意識していた。

そんな矢先、今日の仕事後に出かける約束を交わした。清臣さんが『花火を見に行こう』と誘ってくれたのだ。

花火なんて、もう何年も見に行っていない。久しぶりのイベントを、密かに楽しみにしていた。

仕事も残すところ数時間。今日アサインされた最後の便のチェックインが終わり、出発ゲートでの準備を済ませ、ひと息つく。その短い間に考えるのは彼のこと。

おもむろに自分の唇に指先を持っていく。

キスは、あの夜だけ。

生活サイクルが違う日はあるものの、変わらず同じベッドに寝てはいる。たった一度キスした事実が、毎夜隣の彼を気にしてなかなか寝つけない。

今もちょっと思い返すだけで、簡単に鼓動が速いリズムを刻み始める。

「紗綾、お疲れ様」

「わっ、留美！　な、なんだかちょっと久々だね！」

バックヤードに入るや否や、声をかけてきたのは留美だ。

私はちょっと気恥ずかしいことを思い出していたのもあって、変に狼狽えた。

「シフト、すれ違いが続いてたからね。でもメッセで聞いてはいたけど、身体なんともなくてよかったね。本当に心配したよ」

「うん、ありがとう。その節はシフトに入ってもらったり、ご迷惑おかけしました」

留美は私が退院した頃に、私を心配するメッセージをくれていた。さらに、私の体調を気遣って必要最低限の連絡のみで終わっていた。

留美は手を動かし、仕事をしながら小さな声で言う。

「それは全然いいのよ。そんなことより、紗綾が復帰して直接会えるまで、ずーっと我慢してたんだけど、結婚したんだって？　さらに昨日噂で聞いたよ」

「え、噂って……」

「超絶イケメンだったって。なんで教えてくれなかったのよ」

まさかと思ったらやっぱり清臣さんのことで、動揺する。

だけど留美の様子からは、清臣さんの素性までは知れ渡っていなさそう……？

「あ、ええと、それは」

なにをどこまで話すべきか考えを纏めようとしたとき、携帯無線機から連絡事項が発される。

『ＸＺＡＬオールステーション、２８５便は機材到着遅れのため三十分ＤＬＹ《ディレイ》でお願いします』

遅延の連絡に瞬時に仕事モードに切り替える。

「ごめん、留美。私行かなきゃ。今度ちゃんと説明するから」

「わかった。行ってらっしゃい」

私は出発ゲートに向かいながら、留美との会話がどうにも頭から離れなかった。

その後、チームスタッフと状況を確認し、アナウンスのためマイクを握る。

「XZAL285便、松山《まつやま》行きは機材繰《く》りによる影響のため、遅れが発生しております。新しい出発予定時刻は十五時五分、機内へのご案内時刻は十四時五十分頃を予定しております。お急ぎのところ、誠に申し訳ありません」

すると、ロビー内が変にざわついた。遅延のアナウンスに対するものとは違って感じ、心の中で首を傾げる。

そこに、後輩スタッフが慌てた様子でやってきて私に耳打ちした。

「先輩！　今、松山行きって言ってましたよ！　285便は岡山《おかやま》です！」

「えっ、嘘！」

たった今、自分がアナウンスした言葉をはっきりと思い出せない。

でも、後輩がそう言うのだから間違えたのだろう。ひとつ前のアサインは松山行きの便だったから、知らないうちに松山と言ってしまったのかも。

お客様の視線を感じ居た堪れない気持ちになりかけたが、どうにか気丈に振る舞い、すぐさま訂正のアナウンスをかける。

震えそうな声を押し隠し、正しくは岡山行きと伝え謝罪をした直後、カウンター近くに立っていた男性にお叱りを受ける。

「おい、混乱させるな！　ただでさえ時間が押していて気が気じゃないってのに」

「はい。大変申し訳ございませんでした。今後このようなことのないよう、気を引き締めてまいります」

両手を身体の前できつく握り、深く頭を下げた。

幸い大きなトラブルに発展しなかったものの、そう簡単に気持ちは切り替えられなかった。もちろん、表には出さないようには気をつけていたけれど。

機材待ちの間、搭乗ゲート脇で自己嫌悪に陥っていると背後から声をかけられた。

「ひとつ、どうぞ」

「えっ？」

反射的に両手で受け皿を作って差し出すと、個包装のビタミンタブレットを載せられる。慌てて顔を上げたら、相手はパイロットの男性だった。

その男性は多くを語らず、颯爽《さっそう》と機内へ続くボーディングブリッジを歩いて行ってしまった。

パイロットの中には、今みたいに出発時刻が押している際に、しばしば子どもにシールを配ったりしてくれる人がいる。もしかすると、今の男性もそんな対応をしてくれていて、機内に戻るところだったのかもしれない。

そしてこれは……私のミスの一部始終を聞いて、慰《なぐさ》めてくれたものなのかな。

心の中で自虐《じぎゃく》交じりにつぶやき、到底笑えずさらに落ち込んだ。

もう七年目よ。新人でもやらないミスをして、本当に消えてしまいたい。

どんなに見栄張ってヒールの高い靴を履いたって背は小さめだし、なによりこんな凡ミスして後輩に指摘される始末。見た目も中身も伴《ともな》っていないじゃない。

情けない。ひとりでちゃんと立ち直らないと。自分の意志で実家を出てまで、この仕事を選んだのだから。泣きごとなんて、許されない。

そこから、どうにか集中して仕事をこなした。しかし、帰宅する電車の中でもなお、その失敗を引き摺り続け、胸の奥に鉛みたいな重苦しいものを抱えていた。

清臣さんの待つ自宅マンションへ到着した際に、気持ちを取り繕おうと無理やり口角を上げる。

「ただいま……え？」

玄関と扉を開けた瞬間、目に飛び込んできたのは見覚えのある草履《ぞうり》。

この草履は……まさか。

「あら。紗綾、おかえりなさい」

そこに立っていたのは、涼しげな薄水色をした絽《ろ》の訪問着を纏った母だった。

突然の来訪に動揺を隠せない。

「お母さん？　どうしてここに」

母から連絡はなかったはずだ、と急いでスマートフォンを確認する。やはり、着信もメッセージもない。

「今日、花火大会へ行く予定だって、たまたま清臣さんから聞いたから。ちょっと届け物に来ただけよ」

母は片手を頬に添え、澄まし顔でそう答えた。

「えっ。そんな急に。清臣さんに迷惑が」

「迷惑なんかじゃないよ。わざわざ俺に似合いそうな浴衣《ゆかた》を見繕って、届けてくれるなんて。本当にありがとうございます」

母の後ろにいた清臣さんは、上品な笑みで完璧な返しだ。

というか、ふたりはいつから連絡を取り合う仲になったの？　そりゃあ、表向き結婚して親族になったのだからおかしなことではないけれど、意外というか。

茫然としてふたりを見つめる。

母は清臣さんを振り返り、にっこりと満足げに微笑んだ。

「喜んでいただけてよかったわ。着付けはこの子ができますから。では、私はそろそろお暇《いとま》しますね」

母はリビングに戻ってバッグを手にし、颯爽と玄関へ向かう。草履に足を通す母に、小声でつぶやいた。

「まず私に連絡してくれたらよかったのに」

「紗綾はいつも私からの連絡煙たがるでしょ。しかも、強がって本当のこと言わないだろうから、清臣さんにちょっと連絡しただけよ」

母の言いぶんには思い当たる節がある。それゆえ、あまり強く出られない。

「だからって。清臣さんだって忙しいんだから」

ごにょごにょと反論すると、母はこちらを向き直し、しゃんと立って言う。

「わかってるわよ。だから、土曜の今日に電話したでしょう?」

清臣さんは基本的に、土日がお休みだ。母はきちんと考えて、休日を選んで連絡をしたのだと言われて気づく。

もうなにも言えずに口を噤んだとき、清臣さんが私の隣に立って言った。

「俺は大丈夫だよ。お義母《かあ》さん、仕事で出られないときもあるとは思いますが、その場合は必ず折り返し連絡いたしますので。いつでも気軽にお電話ください」

「ありがとうございます。紗綾、無理はしないようにね」

母はそう言い残し、帰っていった。

「お義母さん、怪我の経過を気にしてたんだよ。それに、まだうちに来てもらったことがなかったから。どういうところで紗綾が生活しているかとか、きっと心配させていたと思うんだ。今日はお言葉に甘えて浴衣を届けに来てもらったんだよ」

彼は母が出ていった玄関をやさしい眼差しで見つめながら、経緯を教えてくれた。

「そうだったんですね。すみません。私がまめに連絡を入れていれば」

「俺のことは気にしなくて大丈夫だよ。改めて、仕事お疲れ様。まだ出かけるまで時間はあるから少し休んで。コーヒーでも淹れようか」

「ありがとうございます。いただきます」

それから清臣さんが淹れてくれたコーヒーを飲み、シャワーを浴びる。バスルームから戻ったあとは、先に清臣さんの着付けを始めた。

小千谷縮《おぢやちぢみ》の浴衣は素材が麻だから、さらっとして夏に最適。母が見繕ってくれた浴衣は、爽やかな水色をベースとした濃紺と生成《きな》りの縦縞がある夏らしいものだ。

「着付けといっても浴衣なので、そんなに難しいことは。帯だけ結びますね」

「着付けはちゃんと覚えてるんだ。よかったね」

清臣さんが純粋に喜んで言うものだから、良心が痛む。

「え、と……はい。多分……結婚する前の……部分なら」

思い切り動揺してしまった。もう最近は自分がこの状況を受け入れかけているのか、自分が嘘をついている事実を忘れているときがある。

都合のいい部分だけ忘れて過ごす、なんて。どれだけ勝手なの、私。

心の中で自分を戒めながら、襟を合わせて紺色の帯を手に取り、腰に手を回す。初めは特になにも考えず着付けていたのだけれど、清臣さんの香りが微かにした途端、緊張し始めた。

至近距離に彼の広い胸があり、彼が腕を回せば簡単に抱きしめられるところにいると思うとドキドキする。

これはただ帯を結んでいるだけ、と密かに呼吸を整えて清臣さんの後ろに回る。

「旅館以外で浴衣っていうのは初めてだな」

「男性は特にそうかもしれませんね」

帯を仕上げ、距離を取る。「できました」と伝えると、彼はこちらを振り返り、笑いかけてきた。

「どう？」

「とてもよく似合ってます。清臣さんならスタイルもいいし、和装洋装なんでも着こなせますよね。モデルみたい」

お世辞ではなかった。改めて眺めると、彼は本当に完璧な人。高身長なうえ、顔立ちも端正《たんせい》で。シンプルなデザインの浴衣でも、彼自身が魅力的だから目を引く。

「それは褒めすぎな気もするな。でもありがとう。紗綾も着てみせて」

清臣さんは薄っすら耳を赤くして、はにかんだ。

出逢ったときはクールな印象だった。私が嘘をついて以降は、いろんな表情を見せてくれるようになってはいたものの……そんな顔は初めてだ。

「あ……はい。向こうで着替えてきます」

私はめいっぱい平気なふりをして、そそくさとリビングをあとにした。

母が持ってきてくれた浴衣をぎゅうっと抱きしめる。この動悸を抑えたくて。

どうしてあんな反応を見せるの？　だから今日だって、清臣さんのことがずっと頭にちらついて……。

そこまで思い出すと仕事のミスも蘇り、浮つきかけた心が一気に急降下した。

しかし、幸いにもミスを引き摺るような重い気持ちであっても、着付けとなれば勝手に身体が動く。十五分程度で着替え終え、簡単なヘアアレンジをしてから再びリビングへ戻った。

リビングを静かに覗くと、清臣さんはソファに座り、経済雑誌を読み耽《ふけ》っている。

「お待たせしました。時間は大丈夫ですか？」

花火が始まる時間には十分余裕はあるけれど、その前にどこかへ行ったりするのかなと思って尋ねた。

「ああ。大丈……夫」

清臣さんは手にしていた雑誌を閉じ、ローテーブルに置きながら私を見た途端、固まった。なにごとかと様子を窺うと、彼が言う。

「可愛い」

「は……？　えっ」

「とても似合ってる。浴衣もヘアスタイルも」

私の浴衣は水色地の菊唐草《きくからくさ》という古典柄で、シンプルだけど可愛らしさもあるデザイン。帯は翠色《すいしょく》で、浴衣も帯も私の好みの色だ。母の見立てには感服する。

そしてこの浴衣の色……清臣さんの浴衣にも似た色が使われている。それも計算したうえで、見繕ってくれたのだと思う。

馬子《まご》にも衣装——そんな感覚で口にしてくれた感想にしては、あまりに私の姿に見入っているものだから、照れくさくてどこかに隠れたくなった。

そんなふうに惜しげもなく褒められたら、堪らず顔が緩みそう。ヘアスタイルだって、仕事や正装のときとは雰囲気を変えてみようかと、ラフに編んだダウンスタイルにしただけなのに。

「さあ、出かけよう」

私が答えに詰まっても、彼は笑顔のままそう言った。

どうやらタクシーを手配してくれていたらしく、マンション前には一台の車が待機していた。

その迎車に乗って、会場の近くまで向かった。

駅から少し離れたところで下ろしてもらったものの、すでに人が多く出歩いている。

「花火まで一時間以上あるし、屋台でも回ってみようか」

「いいですね。ちょうどお腹が空いてきたから」

駅付近まで移動すると、ものすごい人の数で思わず怯《ひる》んだ。すれ違いざまに肩はぶつかるし、人混みに埋もれてはぐれてしまいそう。

そう思った瞬間肩を抱かれ、私は驚いて清臣さんを見上げる。

「やっぱり人が多いな。苦しくない？」

「あ……ありがとうございます」

どうやら、手を繋ぐだけでは私が周囲の人だかりに揉まれてしまうから、清臣さんは自身のパーソナルスペースに私を入れて庇《かば》ってくれているらしい。

これだけ混雑していれば、周囲の人たちも私たちが密着して歩いていたって気にする余裕もないだろう。とはいえ、私はものすごく意識しちゃう。

「あの辺り、少しスペースあるな。近くにあるのは……たこ焼きとりんご飴《あめ》だ。食べる？」

「食べたい！」

どちらも好物だったため、思いのほか張り切った返答になってしまった。

恥ずかしさで目を泳がせていたら、「ふふっ」と笑い声がした。私はそろりと清臣さんに視線を向ける。

「OK。あとちょっと頑張って移動しよう。歩きづらかったら俺に掴まって」

清臣さんの袂《たもと》を遠慮がちに軽く摘まみ、肩を寄せながら移動する。目的のものを購入して、人の流れから脇に外れた。

「賑わいがすごいですね」

「本当だな。ここまでとは」

「もしはぐれてしまっても、清臣さんって背が高いからすぐ見つけられそうです」

上背のある清臣さんを見て、なんの気なしに言って笑った。すると、ふいに空いているほうの手をしっかりと握られる。

「はぐれないよ。俺が離さないから」

意味深に聞こえてしまうのは、彼のそのまっすぐな瞳のせいだ。

たちまち心が落ちつかなくなり、パッと顔を背けて話題を変える。

「あっ。それ、冷めますね。せっかくタイミングよく焼きたてだって言ってたから」

私は清臣さんの左手にある、たこ焼きを見た。

食いしんぼうみたいとも思ったけれど、さっきのなんともいえないくすぐったい空気になるよりはマシだ。

指摘された清臣さんは、私の手を離し、たこ焼きを串でひとつ掬った。

「そうだった。じゃあ、はい」

それを私の口元に差し出され、一瞬固まる。

食べさせてもらう前提で言ったわけではなかったのに、そういうふうに聞こえちゃったのかな？　どうしよう、このシチュエーション。ものすごく恥ずかしい。だけど、断るのも『意識しすぎだ』と呆《あき》れられるだろうか。

迷った結果、勢いでパクッとたこ焼きを頬張った。

「あ……っつ」

「大丈夫か!?　そうだよな、熱いって今話してたのに！　ごめん」

自分で『焼きたて』だと声をかけたのに、それすらも忘れていっぺんに口に入れるなんてどうかしてる。

一度口に入れたものを出すわけにもいかず、どうにか悶えながらも喉に通せた。

「あ、でも、うん。美味しい」

苦笑交じりに伝えると、清臣さんはお腹を抱えて笑う。

「ははっ。本当に可愛いなあ」

「どこがですか。あ。子どもみたいという意味なら……そうかもしれませんが」

食い意地張ってるみたいになって、恥ずかしいところしか見せてない。

軽く俯くや否や、清臣さんに顔を覗き込まれる。驚いて背筋を伸ばすと、彼の手が伸びてきた。

「熱いの忘れて口に入れて一生懸命食べちゃうところとか、『美味しい』って口の横にソースつけて笑ってるところとか」

そうして、指先で口元を拭ってくれた。

「嘘、ごめんなさい。待って、今ウェットシートを……」

「紗綾が子どもみたいだなんて、思ったことないよ。あなたはとても魅力的な大人の女性にしか見えない」

顔にソースをつけていた羞恥心と、至近距離でささやかれ、彼に触れられた感触のドキドキとで狼狽える。

私はおぼつかない手つきで、巾着《きんちゃく》を開こうとした。片手にはカップに入ったりんご飴を持っていて、うまく巾着が開けられない。

もたもたしていると、清臣さんは私の頰に片手を添えて再び顔を近づけてくる。

「口の中は？　火傷してない？」

彼が目の前で私の唇を注視するものだから、心臓が大きな音で騒ぎ出す。

「だっ、大丈夫！　これで手を拭いてください。あ、こっちも食べてみようかな」

彼にウェットシートを差し出したあと、気を紛らわすためにカップのふたを開けてりんご飴を食べ始める。ひとり小さく「美味しい」なんてつぶやきながら、自分の乱れた感情をごまかした。

二切れ目を食べながら、ぽつりとこぼす。

「りんご飴って、今はいろんな味があるんですね。抹茶とかシナモンとか。見た目もいろんな色があって可愛かった。それに、こんなふうに食べやすくなってるのも知らなかった」

私が持っているカップのりんご飴は、食べ歩きしやすいよう、ひとくちサイズにカットされているものだ。

「清臣さんも、ひとくちいかがですか？　ひとりじゃ食べきれなさそうなので」

「ん」

私の言葉を受けた清臣さんは、こちらに向かって口を開いて待っている。

食べさせる流れは考えていなかった。さっきのたこ焼きを食べさせてもらった緊張感を思い出す。

変に意識しているのは私だけ。お互い持っているものを差し出し合っているだけなのだから、深く考えなくてもいい。

『平常心』と心の中で唱えつつも、ピックにさしたりんごを清臣さんの口に入れるまで、ものすごくドキドキする。

どうにか無事に口の中まで届けると、彼は咀嚼《そしゃく》しながら一笑した。

「結構甘いな。飴なんだから当然か」

なんなの、この落ちつかない感じ……。清臣さんがただ笑っているだけなのに、胸がきゅっとして同時にそわそわする。少し幼く見えるその笑顔をもう少し見ていたい気持ちと、直視できない気持ちの狭間で揺れる。

「や、やっぱり人がすごいですね。花火見えるかな」

私はこの状況に堪えがたくなって、さりげなく周囲に視線を逸らし、ひとりごとっぽく言った。

「ああ。花火は別の場所で見ようと思っているんだ」

「別の場所？」

清臣さんの言葉を繰り返し、首を傾げた。

穴場スポットみたいな場所だろうか。これだけ人が多いとなれば、どこへ行ってもそれなりに混んでいそうなものだけど。

その後、ひと通り散策がてら屋台を眺め、ときには購入して食べながら歩みを進めた。屋台の終わりを過ぎても、清臣さんは立ち止まらずにどこかへ向かっているようだったので、黙って彼についていく。

そのうち、時刻は午後六時四十五分になり、花火大会スタートまで十五分を切った。

「着いた。今日はここで一緒に見よう」

「え？　ここ？」

清臣さんが『着いた』と言ったその場所は、都市型リゾートホテル。

私の想像を遥かに超えた場所に、驚いてなにも言えない。

彼に手を引かれ、ホテル館内に入る。すでに予約を取っていたらしく、チェックインを済ませたあとは、最上階である二十五階の部屋に案内された。

チェックインしちゃった。つまり、今夜はここに泊まるの……？　確かに私が『覚えてない』と嘘をついた直後から、同じベッドで寝てはいるけれど。

気になるものの、核心をつけないまま部屋の中に入る。部屋を見た瞬間驚愕した。

「清臣さん、この部屋は……広すぎませんか」

百平米近くありそうな広々とした室内には、キングサイズのベッドがふたつ。洗面化粧台もふたつ並んでいる。

それに畳のスペースがあるし、一番に目がいったのは広いパノラマウインドウ。夜景の中にはスカイツリーも混じっている。花火を見るという名目《めいもく》のためだけなら、あまりに贅沢すぎる。

清臣さんは、少し気恥ずかしそうに言う。

「年甲斐もなく浮かれて、つい」

浮かれて、って……そういうレベルを超えている。ううん、それよりも。

私と向き合い、柔らかく目を細める清臣さんに胸がときめく。

彼は持っていた荷物をデスクに置いて、窓際へ歩いていった。そして空を見たあと、こちらを振り返る。

「ここじゃ、〝花火大会〟っていう臨場感がなかったかな？　だけどあの人混みだし、紗綾の体調も心配で」

苦笑交じりに説明された理由に驚いた。

全部、私を気遣って……？　どうしてここまで。私は本当の妻じゃないのに。

困惑しつつ、この間の夜に交わした会話を思い返す。

清臣さんは、『ひとりの男としてあなたに惹かれた』と言っていたけれど、本音を言うと半信半疑のままだった。都合のいい契約結婚を一度承諾した私を繋ぎ止めるための言葉だろう、と。

でも、彼の声や視線には、そういった下心はなかったようにも思えてくる。

ずっと引っかかっていた。初めこそ、記憶がないと聞いて私を絆そうとしているのかなって。でも、だんだんその考えにも違和感を抱くようになっていって……。

清臣さんがこの間話してくれたことがすべて事実だったなら、本当になぜもっと早くそれを教えてくれなかったの？　その真意がわからないから、私は何度も同じ考えを行ったり来たりして……。

「紗綾？　勝手に決めて怒ってる？　それとも具合が……」

気持ちの整理がつかずに、しかめっ面でもしていたのかもしれない。彼は私を心配そうに見つめてきた。

「いいえ。怒るだなんて。具合も悪くないですよ。こんな特等席みたいな部屋を前に驚いただけです。よく予約が取れましたね？　おかげでゆったりと花火を鑑賞できますね。ありがとうございます」

私の言葉に、清臣さんはうれしそうに微笑んだ。

ストレートな言葉をもらうのも動揺するけれど、なにも言わずにそういう顔をされるほうがドキッとさせられる。

次の瞬間、大きな音が響き、驚いて肩を窄めた。

「あ、始まった」

清臣さんは窓を振り返って言った。外に視線を移すと、目の前に大輪の花が咲いて散りゆく。また次の花火が打ち上がり、真っ暗だった空が、一瞬にして華やかで鮮やかな空へと変わった。

「わあ、綺麗……！」

スカイツリーをバックにして、色とりどりの花火が絶え間なく花開く。

「いい眺めだな。よかった」

そうして、ひとりがけの椅子に、どちらからともなく座る。サイドテーブルを中心に九十度の位置に二脚あった椅子で、座り心地がいい。しかし、今はそれよりもまばゆい光の粒が窓いっぱいに広がる光景に夢中になった。

しばらくして、何度目かの間が訪れた。花火の打ち上げ準備に要する間だ。

今回の時間はちょっと長めだった。今しがたまで賑やかだった雰囲気も、急に静けさに襲われる。

まるで、最後の線香花火の火種が落ちたあとのように。

なにか、会話を――。

頭ではそう思うのに、なぜか話題が浮かんでこない。もっと言うと、ずっと花火を鑑賞していたせいか、右隣の清臣さんのほうへ顔を向けるのも難しかった。

沈黙が続けば続くほど、余計に落ちつかなくなるのにどうしよう。

視点も定まらず、花火も上がっていないのにずっと窓を眺めている。すると、窓ガラスに映し出されている自分たちに気づき、ドキリとした。

手を伸ばせば肩に触れられるくらいの距離。決して近すぎはしないのに、彼のほうを振り向くどころか、声すらかけられない。心臓が跳ねてうるさい。

そしてまた脳裏に過るのは、一度のキス。

無意識に窓ガラス越しに清臣さんを見ていたらしい。運悪くそこで視線がぶつかり、見ていることがバレて慌てた。

私は咄嗟に今日の出来事を口走る。

「そういえば今日、久々にパイロットの方にお会いしまして。やっぱり花形って感じしました。特に、あの制服は特別な感じがカッコイイというか」

そこまで話した直後、今日のミスも思い出してしまった。途端に心の中はたちまち暗い感情に押し負ける。

ようやく忘れられていた出来事を、自分のせいで蒸し返すなんて。だけど、今はとりあえず話を続けなくちゃ。急な話題を出したせいか、清臣さんも茫然としているみたいだし。

「あ、ほら。飛行機の中から花火ってどんなふうに映るんだろうと思ったんです。パイロットの人たちは、そういう景色をすでに知ってるのかもしれませんね」

どうにかそれらしく話を関連づけて、着地させせられたはず。

そう思ったのに、清臣さんからの反応がない。いつもなら相槌とか打ってくれるのに、やっぱり不自然だったかな……。

内心ハラハラしつつ、おもむろに顔を右に回す。その瞬間、ギクリと肩を小さく震わせた。

なにか含みを持たせた彼の表情に、戸惑いを覚える。彼の心中を占める感情は、怒りか嫌悪か。とにかく、平和なものではないという直感に心拍数が上がっていく。

ふいに彼は椅子を立ち、私の元へ歩み寄ってきた。

清臣さんの静かに光を灯した瞳に捕らえられる感覚に陥り、彼を仰ぎ見たまま動けなくなる。緊張が最高潮に達したタイミングで、外からドォンという大きな音がした。

けれども、再開された打ち上げ花火を鑑賞する間も与えられず、清臣さんに腕を掴まれ引き寄せられる。

強制的に椅子から立たされ、驚きのあまり発した私の小さな声を、次々と放たれる花火の音がかき消した。

痛いほどまっすぐぶつけてくる、彼の視線から逃れられない。花火の色も形も視界の隅にすら映らなかった。唯一、清臣さんの横顔に反射する花火の光で、その色がなんとなくわかる程度。

するると、清臣さんは私の顎に手を添える。

「妬《や》けるなあ……。あなたのこの可愛らしい口から、別の男がカッコイイだなんて話を聞かされて」

間近にいる彼の視線の先は、私の唇。

それがやけに恥ずかしくて、ひたすら羞恥心を堪えた。

「ねえ。そんな表情を見せたの？　その人にも」

「そ、そんなわけ……わっ」

まともに否定もさせてもらえず肩に担がれて、あっという間にベッドへ運ばれる。

彼は皺ひとつなかったベッドに下ろすや否や両手を広げ、至近距離で私を見た。

これはどんな状況なの？　というか、私の心臓の音が花火よりもずっと大きくて騒がしい。

清臣さんはさっきから花火なんか聞こえも見えもしないといった様子で、私から目を離さない。

「悔しいから、俺しか見れない顔を見せてよ」

「え……」

一気に熱を帯びた眼差しから逃れられない。

パニックになった私は、徐々に影を落とす清臣さんを、黙って他人事みたいに見ていることしかできなかった。

いよいよ鼻先が触れ合うと感じたところで、ぎゅっと目を閉じる。

「――なんてね。ごめん。花火終わっちゃうな」

声色だけで清臣さんのスイッチが切り替わったのがわかる。

目を開けると彼はすでに体勢を変えていて、ベッドの縁に座って窓の向こうを見ていた。

この大きく脈打つ私の心音は、花火の音できっと彼に届かずに済んだ。

それでよかったはずなのに、衝動的に彼の手首を掴み、自分の左胸にあてがった。

「紗綾？　なにを……」

めずらしく清臣さんが動揺するのがわかる。それでも私は、手を引っ込めようとする彼を離さなかった。

「この鼓動は……清臣さんのせいです」

今日一緒に過ごしている間、仕事のミスはおろか、偽装夫婦とか記憶喪失の嘘とか全部忘れて、ただ彼との時間を楽しんでいた。

自分が一番その事実に驚いている。

「今日、私仕事でミスをして。それから帰ってくるまで、ずっと引き摺ってたんです。もう何年も仕事してきたのに、なにしてるんだって。情けなくて」

私はもう片方の手も清臣さんの手首に添えて、吐き出すように言う。

「パイロットの方も、そんな場面に遭遇《そうぐう》したから、きっと慰めでビタミンタブレットをくれたんです。でも、ありがたかったけれど落ち込む気持ちは変わらなかった」

……なのに、清臣さんといるとネガティブな感情さえも薄れる。よくも悪くも気持ちが揺さぶられ、頭をいっぱいにさせられる。

自分で自分がわからない。

今は仕事を頑張りたいし、恋人はおろか好きな人だっていないから、その状況下で周囲から持ちかけられる『結婚話』から逃れたい一心《いっしん》だった。

そして、そのための偽装結婚を引き受けてくれた相手があまりに別世界の人で、彼に大きな迷惑をかける前に契約を反故《ほご》にしたかった。

頭ではわかっているくせに、少しずつ心にズレが生じている。

多分感情の引き出しはひとつじゃなくいくつもあって、それらには私の清臣さんに対する建前《たてまえ》の感情と奥底に閉じ込めている感情も含まれている。

閉じ込めている感情——彼に対する純粋な想いの引き出しは、無意識下に絶対に開けないようにしてきた。しかし、今、張り詰めていた心に『今日のミス』という刺激がきっかけとなり、溢れ出てしまった。

彼を好きになる資格なんかない自分が、抗いようもなく彼を想ってしまう感情が。

昂《たかぶ》った感情は簡単には治まらない。為《な》す術もなく動けなくなっていると、清臣さんに正面から抱き寄せられた。

彼の浴衣越しのたくましい身体は、これまでで一番近く感じられ、たちまち体温が上がる感覚がわかる。

清臣さんの肩に頭を預け、瞼を下ろす。彼はやさしく私の背中をさするだけ。

打ち上げられてはパラパラと散っていく花火を、聴覚だけで感じた。

「なにも言わないんですね」

弱っているところを見せれば、大抵の人は慰めや激励など、なにかしらのリアクションを返してくると思っていた。それこそ、感情豊かになった最近の彼なら、と。

急に別人級に態度が変わった彼は、笑顔を多く見せてくれるようになったし、照れるほど甘やかしてくれるようになった。だから、ただ黙って私を抱き留めている清臣さんは、以前の知り合った直後の彼に戻ったのかと微妙な心境になった。

反応が返ってこない現状に、心の隅でやきもきしている自分に気づき我に返る。都合のいいときだけ、妻として夫に甘えるなんて。それはあまりに狡い。

私は静かに彼の胸に預けていた頭を離した。気まずい思いで俯きかけたとき、ゆっくり額を重ねられた。

「言う必要がないから」

彼のそのひとことに、ショックを受けた。

突き放されたと思った私は、あえて彼の目を覗き込んだ。

自分の置かれている立場を二度と忘れぬように、意を決してまっすぐに。

至近距離で視線を交錯《こうさく》させた彼は、予想に反して至極の笑みを浮かべていた。

一気に奈落《ならく》の底へ落とされたかと思えば、急上昇して今度は雲の上へ。

彼の表情に困惑していると、ドン、ドン、ドンと大きな音が連続で鳴り響く。それでも清臣さんは、花火へ一瞥もくれず、私だけを見続けて言った。

「以前にも話した。紗綾はそういうのを乗り越えて前を向ける人だって俺は知ってる。俺がなにか慰めの言葉を並べようがどうしようが、紗綾は凛として歩き出すよ。そういう姿に惚れたんだ」

上辺《うわべ》の言葉で取り繕われるよりも、言葉少なでも信頼を預けられていると実感できる、この目がうれしい。

「それで、俺はそんなあなたの癒《い》やしになりたい」

胸の奥から熱が込み上げ、目頭も熱くなる。清臣さんの顔はぼんやり滲み、ラストの畳みかけるような花火の連続音はどこか遠くなっていった。

彼が私だけを見ているように、私も彼しか見えない。

ありのままの私を、無条件で抱きしめてくれる人。

これが夫婦だというなら、私はこのまま彼のことを――。

「紗綾の横顔がとても綺麗で目が離せなかったんだ。でも、俺をこうして見上げる顔は……めちゃくちゃ愛しい」

胸を鷲掴みにされる感覚って、こういう感じなのかもしれない。

身体中に熱がほとばしり、心臓は大きく脈打った。さっき溢れ出していた心の奥底に抑え続けてきた感情に突き動かされ、自ら唇を重ねにいった。

清臣さんの反応を見ると、心底驚いている。その表情で私は一瞬で冷静になり、慌ててベッドを降りようとした。

「きゃっ」

彼に背を向けると同時に、力強い腕によって後ろへ引き倒された。

真上から見下ろす彼からは、甘い空気を感じて鼓動が逸《はや》る。

「どうして逃げるの」

その声に起伏はない。……にもかかわらず、彼の双眼は情熱的だった。

「だって……」

「うれしかった。今のキス」

改まって言われると大それたことをしたと焦慮に駆られ、堪らず恥ずかしさが募《つの》っていく。

私の心境を見透かした様子で彼は微笑み、私の頬を撫でる。

「可愛い」

ごく自然に落ちてきた唇を、私は最後まで迷いながらも受け入れた。彼は一度口を離した直後、ちゅっ、ちゅっと啄《ついば》むようなキスを繰り返し、妖艶《ようえん》な吐息を漏らす。色香漂う清臣さんを前にして、これまで感じたことのない高揚感に自分でも驚いた。

横向きに寝転んでいた私の帯に、おもむろに指をかけられる。緊張で一瞬呼吸も我慢して固まると、清臣さんの動きがピタッと止まった。彼は目でなにかを訴える。

〝この先に進んでもいいか〟――。そう聞かれているみたい。

私はその熱を帯びた瞳を見つめ返す。途端に唇を奪われた。

「んんッ……ふ……」

深いキスに溺れていく。苦しいのに、逃れようとするどころか彼の袖をきつく掴んでいた。

夢中で唇を重ねていたら、そのうちみぞおち付近を締めつけていた感覚が和らいだ。

キスの合間に視線を落としたら、帯を緩められて浴衣の前がはだけていた。

清臣さんは露わになった私の肌へ、丁寧に口づけを落としていく。

「やっ、あっ」

くすぐったさもほんの初めだけ。次第に腹部の奥が熱くなっていき、勝手に甘ったるい息がこぼれ落ちる。

彼はピタリと止まり、私の左手を取り指輪にキスをした。

「誓うよ。何度だって。俺はあなただけを想い続ける」

瞬く間に、ぞくぞくぞくっと背中に甘い痺《しび》れがせり上がっていく。腰の辺りから力が抜け落ちる感覚に、もう胸がいっぱいいっぱい。

清臣さんはそのまま手の甲に頬ずりし、私へ煽情的《せんじょうてき》な視線を注ぐ。

「重いかな……？　でもこんなふうに手の届くところにいたら、もう我慢できない。

俺の気持ちを受け止めて」

彼の気持ちが重いと感じてはいない。けれど、彼があまりに申し訳なさそうな表情でそう言うから、思わず両手でその顔を包み込んだ。

『紗綾』と私の名を呼び、笑顔を向ける清臣さんが容易に思い描ける。

あの柔らかな顔つきと、やさしい声が恋しい。

「――はい」

いろんな考えが頭を巡ったが、結局ひとことしか返せなかった。彼が私にしてくれたように、私も彼を喜ばせたいと思ったのに。

気の利いた言葉をかけられなくて自分を責めかけた。……が、彼は私が伸ばした手にそっと大きな手を重ね、このうえなく幸せそうに微笑んだ。


久方ぶりに、ぐっすりと眠った気がする。

理由はこの広くてふかふかなベッド……ではないと、よくわかっている。

身体というより心を許したことで、深い眠りにつけたのだと思う。

ただ……本当の意味ですべてを晒してはいない。一夜明けた今、その事実がより重くのしかかってきた。

私はどうしたいの。

ため息と同時にどこかから、スマートフォンの振動音がするのに気づく。すぐに鳴り止むかと思ったものの、ずっと続いているため静かにベッドから出た。足元に落ちていた下着をとりあえず身につけて、浴衣を軽く羽織る。

私のスマートフォンだとしたら、欠員が出て出勤要請の可能性がある。確か昨夜は、スマートフォンを巾着に入れたまま……。

広い部屋を歩き、テーブルの上に巾着を見つけるも、音の出どころはそこではなかった。改めて、音の鳴るほうへ耳を澄ませて足を向ければ、デスクの上にあった清臣さんのスマートフォン。

これだけ鳴り続く着信なら、緊急かも。

そう思って裏返して置いてあるスマートフォンを手にした。

【八重樫　一子《かずこ》】……お義母様からだ。

いまだに切れない着信に、なにかあったのだと慌てて清臣さんの枕元《まくらもと》へ急ぐ。心地よさそうに寝ているのを起こすのは忍びなかったけれど、肩を揺らして声をかけた。

「清臣さん。お義母様から電話が」

「え……？　本当だ。ありがとう。なんだろう……もしもし」

清臣さんは寝起きの声で応答し、眠そうに目を擦りながら身体を起こした。私はその場に立ったまま、様子を窺う。

「あー、違う。心配かけたくなかっただけ。紗綾も今はすっかり元気に過ごしてる」

私？　もしかして、この間の転倒のこと？　そういえば、清臣さんは八重樫のご家族にはその話はしていないと言っていた。知られたことは気にしていないけれど、どこから耳に入ったんだろう？

「いや、いいよ。そういうのは俺たちで……紗綾？　今一緒にいるけど……わかったよ。ちょっと待って」

清臣さんがお義母様と会話しながら、こちらをちらりと見た。そしてスマートフォンを向けられる。

「えっ」

驚いてディスプレイに目を落とすと、時間のカウントは続いている。

「すまない。母が紗綾に代われと、うるさくて。どうやら事故のこと耳に入ったらしいんだ。母が諸用で紗綾の実家に連絡を入れたときに聞いたとかで……ごめん」

「うちの母から？」

予想もしないルートに戸惑ったが、今はそれよりもお義母様を待たせている。「わかりました」と答えると、清臣さんはスピーカーホンに切り替えた。おそらく、私を気遣ってのことだ。

「お電話代わりました、紗綾です」

『紗綾さん？　お加減はどうなの？　驚いたわ。階段から転倒だなんて。それも頭を打って入院していたって』

お義母様は心から心配した声で問いかけてきた。

「お義母様、申し訳ありません。幸い翌日退院し、今も変わらず過ごせています。ご心配をおかけすると思って、お知らせしなかったばかりに」

『清臣がそうさせたのでしょう。それより、病院の先生はどのようにおっしゃっているの？　その先生を疑うわけじゃないけれど、念には念を入れたほうがいいわ。私の知り合いの病院の先生にもう一度検査してもらいましょう』

言下に断言され、たじろいだ。

もちろん、お義母様は善意で言ってくれている。だけど、今の状況でまた病院となると、ややこしいことになりそうな予感が……。それもこれも、全部自分のせいなのだけれど。

後ろめたさもあり、なにも答えられずにいると、清臣さんが割り込んだ。

「母さん。そういうのは俺たちで考えるから」

『清臣、黙りなさい。紗綾さんは八重樫家に嫁《とつ》いでいただいた方。きちんと面倒を見てあげなければ、紗綾さんのご実家に面目が立たないわ。検査をもう一度と言っているだけ。それでなにもなければ安心なのだから、いいでしょう』

「それはそうだけど……」

『そういうことですから。紗綾さん、予約は私が取りますね。直近の候補日を何日か挙げて、清臣に送ってもらって』

お義母様の意見を受け入れる雰囲気だったため、私は「はい」と答えた。

通話が切れたスマートフォンを見つめる。

「ごめん。母が」

「いえ。心配してくださって、むしろ恐縮です」

清臣さんが真面目な顔つきで尋ねてくる。

「どうする？　俺は紗綾の意思を尊重したい。気が乗らないなら母親に言っておく」

お義母様の雰囲気は決定事項みたいだったのに、それでも私を優先してくれる彼には素直に頼もしいと感じた。

「大丈夫です。受診します。でないと、不安なままにさせるでしょうし」

今さらではあるけれど、お義母様の心配を無下にはできない。それに、検査だけなら不都合もないから。

「そう？　母を立ててくれてありがとう」

「私だけでなくうちの実家のことも考えていてくださって、こちらこそありがたいです。そういえば、うちに連絡をしていたって、どんな用件だったんだろう」

首を傾げると、さらっと言われる。

「多分衣装の相談かな。和装といえば紗綾の実家だろ？　母は普段から気が早くて」

「えっ……衣装って」

「俺たち、まだ式を挙げてないんだ。準備もこれからだから、焦らなくて大丈夫」

お式……！　そういう話題も出したことない。でも、最近の清臣さんは私を本当の妻として接している気がするから、お式の話もありうる。

「あれ。もう八時半を過ぎたんだ。そろそろ着替えようか」

清臣さんがスマートフォンの時刻を見て、落ちていた浴衣を羽織るとベッドから下りた。私はまださっきの動揺が落ちつかないまま、慌てて返事をする。

「そ、そうですね！　あっ。服がない！　どうしよう。清臣さんもですよね？」

花火大会は昨日で終わり。屋台もほとんどなくなってるはずだから、浴衣姿はちょっと……いや、だいぶ目立つかもしれない。それに、皺が……。

さっきまで無造作に置かれていた浴衣は皺だらけ。そこから昨夜を思い出しては、ひとり頬を熱くする。

「紗綾。クローゼット見てみて」

「クローゼット？」

そうつぶやいて、部屋を見渡す。なにぶん広すぎて、どのクローゼットを見たらいいのかわからない。

とりあえず私は、ベッドに一番近い扉に手をかけた。

「えっ。これは……どうしたんですか？　清臣さんが？」

中には、男性ものの服とワンピースが一着かけられていた。

「ショップに配送をお願いして、ホテルのコンシェルジュに事前に部屋に届けておいてもらったんだ」

私はハンガーを手に取り、ワンピースを正面に向ける。

レトロデザインを取り入れたドッキングワンピースで、上半身は丸襟とくるみボタンが可愛い白ブラウス。スカートはレモンイエローで、私の好きな系統の色だ。

まじまじと見ていたら、ふと首元のタグに目が留まる。それは、私の好きなブランドのロゴだった。

「下の箱は靴のはずだから」

目を落とせば、確かに箱が置かれている。私はそっと手に取り、箱を開けた。淡いブルーのオープントゥのパンプス。サイドにはチュールレースがあしらわれている、五センチくらいのヒールの靴だ。

洋服だけでなく靴まで……どこまで用意周到なの。それにワンピースだけでなく、このパンプスも……すごく好み。

「気に入ってくれるといいんだけど」

気づけば後ろに立っていた清臣さんが、肩越しにひょこっと顔を覗かせて言う。

「うれしいです。このブランド、雑誌で見ていて好きなので」

でも自分じゃなかなか買えない価格だから、憧れていたブランドだった。まさか手にするのがこんなふうに、男性からの贈りものとしてだなんて想像もしなかった。

「さて。着替えたらモーニングを食べて、どこか寄り道してから帰ろうか。昨日の浴衣は配送クリーニングをお願いしよう」

そうして美味しいものを食べ、たわいのないことで笑い合う。ホテルをチェックアウトしたあとは、ウインドウショッピングをしたり公園を散歩したりした。

いつの間にか手なんか繋いだりと、面映ゆくも穏やかなひとときを過ごしていた。

もう隠しきれない。偽装夫婦だとか、彼が次期総帥になる人だとか、そういうのをこのまま全部なかったことにして過ごしたいと思う自分が確かにいる。

この気持ちを認めると、これまでの自分の行動や嘘をついた理由を肯定するものがなくなってしまうから、ずっと抵抗していたのだけれど。

——私、清臣さんを好きになってしまった。

マンションに着いてもなお、清臣さんはやさしく手を包み込んでくれる。

エレベーターに乗り、扉が閉まったあとに彼を見つめていたら、私を隅に引き寄せて、その身体で覆い隠すようにしてキスされた。

「……ん」

柔らかな唇の感触に手の力も抜け落ちる。

こんなに甘いキス……恋愛の末に結婚した、本物の夫婦みたいな錯覚に陥ってしまう。心のどこかで、本当に愛されているって思い込んでしまう。

最上階に到着した音で彼は離れていく。ちらりと彼に目を向けると、とろけるような微笑みをもらって身体の奥が熱くなった。

その翌々日、事件は起きた。

お義母さんの行動は想像以上にとても早く、あの日、清臣さんを介して私のスケジュールが空いている日を伝えてすぐ、最短である今日を打診されたのだ。

しかし、それは別に問題はなかった。一昨日の時点で、私はお義母さんからの提案を受け入れることに決めていたのだから。

問題だったのは……私に記憶の一部がないという話がお義母様に知られてしまったこと。

お義母様に言われるがまま、まずは初めにお世話になった病院で説明を聞いたあとで、別の病院へと言われてその通り従った。そして、その際に私を担当してくれていた医師から記憶の件が漏れてしまったのだ。

まずいことに発展してしまったと慌てるも、後の祭り。

その後は清臣さんのマンションに引き返し、早く帰るよう言われた清臣さんが急いで帰宅してきて、今に至る。

「清臣！　なぜ、こんな大事なことを隠していたの！」

ダイニングテーブルを挟んで座るお義母様から、厳しい声が飛んできた。

ずっとやさしい印象だったため驚いて、私は清臣さんへの言葉にもかかわらず、彼の隣で肩を竦めた。

「言っても心配させるだけだって俺が判断した。それに、彼女の記憶はすぐに戻る可能性だってあるんだ」

清臣さんは動揺もせず、冷静に返す。お義母様は、長い息をひとつ吐いた。

「清臣。あなたはそれでよくても、紗綾さんはよくないでしょう。言ってみれば、突然見ず知らずの男性とひとつ屋根の下で暮らすことを強制されているのと同じ」

「いや、彼女もちゃんと理解したうえで、ここにいてくれているんだ」

「ずっとそうしていくつもり？」

言下に返した清臣さんだったけれど、お義母様からきつい口調で質問された途端、だんまりになる。

お義母様は清臣さんを見据え、少し力を抜いて再び口を開く。

「今はいいかもしれないわ。けれど、もしも……紗綾さんがこのままだったなら。八重樫の嫁として、周囲との関わりは避けられない。なにも知らない紗綾さんには荷が重すぎる」

こっそり清臣さんの様子を窺うと、歯痒《はがゆ》そうに手に力を込めていた。

そんな彼を見て、お義母様も幾分か柔らかな雰囲気に戻る。

「あなたがやっと連れてきた女性だもの。それに、ご実家を含め、とてもよいお人柄で安心したのは本当よ。だけど、この現状は深刻に受け止めるべき」

自分がしでかしたことを、今日このときほど後悔した瞬間はない。

どうして、周りの人のことをもっと考えて行動できなかったのだろう。もう何度も自責の念に押しつぶされそうにはなっていたけれど、結局曖昧にしたまま現実から逃げ続けてきた結果だ。

私はお義母様と清臣さんを……みんなを裏切っている。

当初の私だったなら、目的達成に王手がかかったと喜ぶべきところまできたはず。

しかし今はもう、そんな感情は一ミリもわかない。

自分の想いが明確になったがために、自分の犯した過《あやま》ちで首を絞めている。

私は取り返しのつかないことをした恐怖に襲われていた。

「酷なことを言うけれど……お互いそれぞれ再スタートを切るのが賢明ね」

「は？　なに言って」

狼狽える清臣さんをよそに、お義母様はこちらに焦点を合わせる。

「紗綾さん」

「は、はい」

「どうか、誤解なきようお願いします。決してあなたを邪険にしているわけではないの。幸いまだ結婚したばかりだし、ふたりとも再スタートを切りやすいだろうと思っての意見なの」

お義母様の気持ちはひしひしと伝わってくる。

私はお義母様と目を合わせられなくて、ごまかすように視線を落として頷いた。

「……はい」

そのとき、膝の上に置いていた手を包まれた。清臣さんだ。

「母さんの考えはわかったから。だけど、最終的に決めるのは俺たちだ。だから今日はもう帰ってくれ」

「わかったわ。だけど、この件はお父さんにも報告はします」

そう言って、席を立ったお義母様に続いて、私たちも立ち上がる。玄関へ見送りに行くと、靴を履いたお義母様がこちらを振り返り笑顔を見せた。

「では、紗綾さん。身体に無理のないようにね」

「はい。今日はいろいろと……すみませんでした」

深いお辞儀をし続ける。お義母様が帰っていったのは玄関のドアの開閉音でわかっても、私はずっとそのまま顔を上げられなかった。

「紗綾。もう行ったよ」

清臣さんにひと声かけられ、ようやくゆっくり姿勢を戻す。それでも私は、まだ玄関を見つめていた。

「貴重な休日をつぶして悪かった。もう母に付き合わなくてもいいから。今日はありがとう」

清臣さんは一瞬曇った笑顔を浮かべ、すぐに踵《きびす》を返してリビングへ足を向けた。

こんな状況になってもなお、文句ひとつ言わずに、それどころか私に対してお礼を言うなんて。

彼の背中を見つめ、唇を引き結ぶ。

これ以上はごまかせない。清臣さんに惹かれているこの感情を、抑えられる自信がない。もうとっくに彼と一緒にいることに、幸せを感じている。淡い恋心が大きくなっていくほど、罪悪感も膨らんでいたのもわかっている。

だから、もうすべて話してしまいたい。たとえ軽蔑《けいべつ》されて、この関係がすぐに終わりを迎えるとしても。

このまま嘘をつき続ける勇気は、私にはない。

私は自然と彼を追いかけていた。

「あ……あのっ。清臣さん、お話が……」

リビングに足を踏み入れたあとに、思い切って声をかけた。

清臣さんがこちらを振り返ったタイミングで、彼のスマートフォンから着信音が鳴り始める。

こんな絶妙な間で着信に水を差されるとは思わず、狼狽えた。けれど、表情には出さないようにして、右手を向ける。

「どうぞ。電話に出てください。私の話は……あとでもいいので」

こんなときにさえ、いい顔してしまった。『あとで』なんて、せっかく出した勇気が萎《しぼ》んでいくに決まっているのに。

清臣さんは申し訳なさそうに眉を寄せ、謝った。

「ごめん」

そう言った彼は、スマートフォンを探す。清臣さんより私が先に見つけたため、咄嗟にスマートフォンを取って彼に手渡した。

「ああ、ありがとう」

完全に手から離れる直前に、スマートフォンの表示に目がいった。そこには【政埜尚美】と表示されていた。

女性からと認識した途端、なんとなく気まずい思いになり、ふいっと顔を背けた。

故意に覗き込んだわけではなかった。角度的にたまたま目についただけ。でも、女性の名前に動揺している自分がいる。

さりげなく片手を胸に当て、気持ちを落ちつかせる。

仕事関係の相手かもしれない。もしそうじゃなくても、女性の友人のひとりやふたり、いたってなんらおかしくはないじゃない。

念じるように言い聞かせているそばで、清臣さんは応答する。

「ナオ？　どうした？」

下の名前を、あんなに親しげに……。

変な動悸が襲ってくる。これ以上聞かないほうがいいと思う傍ら、気になるのも本音だ。

すると、さらに衝撃的な会話を耳にした。

「ああ。そう、ベッドは処分した……え？　デスク？　デスクはあるけど、今は……。仕方ないだろう。俺は結婚したんだ。この間、言っただろう」

ベッド……？　処分って言ったら、私が使っている部屋に元々置いてあったベッドのことに違いない。

急にあの部屋の主を、リアルに想像できてしまう。

尚美さんという女性があの部屋を使っていて、ベッドもデスクも彼女のものだったんだ。部屋に家具を置いてあったなら、当然寝泊まりをしょっちゅうして……というより、元から同棲《どうせい》していたと考えるほうがしっくりくる。よほど深い付き合いだったのでは……。

「はあ？　今夜、うちに来たいって？　無理だ。本当にお前は変わらないな。いつもいつも、そうやって俺を振り回して」

呆れた様子で素直な感情を口にする清臣さんを見て、やっぱり電話の相手は特別なのだと思い知る。

清臣さんは私に対しいつも気を遣っていて、そんなふうに素を見せることはない。

「ナオ。悪いけど、今ちょっと取り込み中……」

「大丈夫です。私、今日は自室で休みますね。先にすみません。ごゆっくり」

懸命に笑顔を作ったものの、口調は若干早口になった。

清臣さんの顔をまともに見られず、そそくさとリビングを出る。ドアを閉め、その場で大きく息を吸った。

そのとき、不運にもはっきりと清臣さんの声が聞こえてくる。

「とにかく今夜とか、急なのは無理だから。あっ、あと！　お前うちのキー持ってるだろ。それ、次会うとき必ず返せよ」

心臓がバクバクしてる。私、嘘をついていたことを話して許してもらえたら……このまま一緒にいさせてほしいって、お願いしようとしてた。でも、想像したらなんて滑稽《こっけい》なのだろう。

清臣さんとの距離が近づいたと思い込んでいた。でも違った。彼は本当に心を許した人に対しては、さっきみたいに飾らない姿を見せてくれるのだ。

足早に部屋へ向かい、中に入るなり布団を被《かぶ》って目をきつく瞑《つむ》る。真っ暗な中で、改めてこんなにショックを受けている自分に驚いた。

自惚れていた自分が恥ずかしい。だけど、それ以上に胸が苦しい。

これは罰。私が身勝手な理由で大きな嘘をついたから。もっと言えば、契約結婚の話になったときに、きちんと判断して踏みとどまっていればこんなことには。結婚結婚って言われるのがストレスで、根本的な解決にもならないのに他人の清臣さんを巻き込んで逃げようとしたから。

ふと被っていた布団から顔を出し、目を開ける。

そうだよ。きちんと責任を取らないと。ここでも逃げ出したら、本当にだめな人間になっちゃう。もう足掻《あが》くのはやめにして、誠心誠意向き合って謝ろう。

ベッドから下りて、もう一度ドアの前へと歩みを進める。ドアノブに手を伸ばした瞬間ノックの音がし、驚いて手を引っ込めた。

「紗綾？　電話終わったよ。ごめん」

私は気持ちを整え、ドアをそっと引き開ける。

「このデスク、今夜取りに来たいんですよね。その方」

覚悟を決めたおかげか、さっきまでのざわついた心が凪《なぎ》のように静か。

自らその話題に触れると、清臣さんは気まずそうに軽く頭を掻く。

「いや。それはまた次の機会になったから。気を遣わせてすまなかった」

「本当はデスクだけでなく、この部屋も返してほしいのでは？」

「えっ？」

清臣さんがここまで驚く顔をするのはめずらしい。

「キーまで持っている深い間柄なら、そう簡単に清臣さんのことを忘れられないのも頷けますし。私のことはどうぞお構いなく。あ、でもベッドは処分させてしまいましたけど……。ごめんなさい」

さっきの着信の相手は彼にとって、これほどまでに感情を動かす存在なのだと改めて思い知る。

私は深く頭を下げ、そのまま顔を上げられなかった。

「いくつか言いたいことがある」

心なしか普段より低めの声で言われ、きつく目を閉じる。

どんな反応が返ってきても、甘んじて受け入れる気持ちは変わらない。だけど、やっぱりいざとなると手が震えそう。出逢った頃のクールな清臣さんしか知らなかったら、ここまで委縮はしなかったように思う。

今の私は、やさしく笑いかけてくれる彼を知ってしまったから。

「まず、さっきの電話の相手は中学生のときからの友人。で、俺の母校は男子校」

「……え？」

まったく予想もしない話に頭がついていかず、理解が遅れた。しかし、徐々に彼が言った意味を察する。私が顔を上げると、清臣さんは怒ってなどいなかった。

「つまり、男友達ってこと。彼とは昔から気が合って、いろいろあって去年まで部屋を貸していたんだ。だからキーも貸していたという話」

清臣さんが丁寧な口調で説明を重ねる。それらを聞き、ぽかんとするばかり。

「ひとつ誤解は解けたかな？　じゃあ、次」

彼はさながら怯えた子どもを宥めるように、柔らかな声音で言う。そして、一歩部屋に入り、私の顔を覗き込んだ。

その目はなんとも形容しがたいもので、こちらの心の奥まで見透かそうとしているみたい。

さっきから彼からは、ひりついた雰囲気や怒気を感じられない代わりに、どこか悟りを開いたような様子で気圧《けお》される。

そんなとき、彼は私をまっすぐ見つめながら言った。

「あなたは本当に、〝覚えていない〟の？」

瞬間、ひゅっと喉の奥が細くなった感覚に襲われた。震え出す両手をきつく握り合わせる。核心に迫る質問に、なにも言葉が出てこない。

まさか……彼は気づいていたの……？　私の記憶がないのは偽りだということを。

おそらく、私の瞳には動揺の色が浮かんでいるに違いない。

清臣さんはさらに続ける。

「〝そう〟だとしたら、今のあなたがベッドを処分した話をするのはおかしいから」

具体的な理由を聞き、自分の失態に気がつく。

当然ながら、私の記憶は一貫して残っている。だからボロが出るのは必然でもあったとさえ思う。

それならばなおさら、指摘されてそれを認めて謝罪するよりも、自ら切り出して誠心誠意謝りたかった。

それも今や、手遅れ。すべて自分の甘さでしかない。

「実はもっと前から違和感はあった。だけど、確信するには至らなかった」

彼は相変わらず激昂《げっこう》したりはせず、ただ静かに真実を見極めるべく、こちらを見ている。

もう気持ち的に限界を迎えた私は、その場にへたりこんでしまった。そうして力なくうなだれて、震える声を絞り出す。

「……申し訳、ありません。嘘を……つきました」

カーペットの上についていた手を握りしめ、懺悔《ざんげ》する。

「全部覚えています。あのとき、あのまま知らないふりをしていたら、円満に離婚できると思って……魔が差しました」

清臣さんの顔を見られない。

私は指先をつき、深く頭を下げた。

「最低なことをしたと重々承知しております。離婚したがっていたくせに、今では妻の仮面を被って調子のいい言動を……」

「顔を上げて」

言葉を被せて言われ、小さく肩を揺らした。

ここ最近聞くやさしい口調ではなく、心なしか低い声だった。

覚悟を決め、口を真一文字に結び顔を上向きにしていく。その動作から少し遅れて視線を上げると、こちらと視線を合わせて片膝をついていた清臣さんが、眉根を寄せていた。

胸が痛い。もちろん、嘘をついた当初から後ろめたい気持ちは常にあり、心苦しかった。けれど今、心の底から後悔して嘆くこの感情までは予期していなかった。

彼との生活が……清臣さん自身が、私にとってあまりに大きくなりすぎて。

そんな彼に軽蔑されるのがこの期《ご》に及んで怖くなったのか、喉の奥が熱くなり目に涙が浮かびそうになる。

私が泣いていいわけがない。

必死に自分を戒め、瞼を伏せて堪えた、刹那《せつな》。目の前がふっと暗くなり、唇には柔らかく温かな感触がして驚いた。

なにが起きたのかわからなくて、思わず上半身を後ろに反らし、彼を凝視する。

清臣さんは真剣な面持ちで口を開いた。

「しないよ。離婚は絶対にしない。紗綾が俺を心底嫌だって言わない限り」

瞬きも忘れ、彼を瞳に映し続けた。その間、私たちは無言で視線を交錯させる。

困惑するままに問いかける。

「どうして……?」

この流れでキスなんか。

もちろん嫌だったわけじゃない。ただ、冷ややかに突き放されるか激昂されるかと思っていたから、起こった事実と気持ちの揺れ動きについていけない。

「お義母様にまで嘘をついてしまったのに」

戸惑いを隠せない私に、今度は清臣さんが頭を下げる。

「紗綾だけじゃない。俺もちゃんと謝るよ。嘘をついて、すまなかった」

なぜ彼が謝罪しているのかまったく理解できず、茫然とする。

呆気に取られていると、彼はおもむろに姿勢を戻して話し出す。

「前にも言ったけど、俺は一方的にあなたのことを知っていた。好きだった」

まっすぐにそう伝える彼に、自分にはこんなふうに感じる資格はないとわかっていながらも、きゅうっと胸が締めつけられた。

「こんな流れで言いわけするなんて、どこまでもカッコ悪いってわかってる。でも、日に日にあなたが愛しくなって、契約結婚の件を忘れたって聞いたのをいいことに、ありのままでぶつかっていけると思ってしまって……卑怯《ひきょう》な真似をした」

「ありのまま……」

彼の言う『ありのまま』は、急に人が変わったように距離を詰めてきたり、甘やかしたりしてきたことだろうか。どう考えても、それしか浮かんでこない。

清臣さんは、言いづらそうに声のトーンを落として補足する。

「初めは、クールで理解があって興味のないふりをしていたほうが、紗綾も警戒せずにそばにいてくれるだろう、と。本当の俺は臆病《おくびょう》で、自分の気持ちを晒すことに抵抗があったから」

つまり、清臣さんも『記憶がない』という嘘を利用していたってこと？　そんないきさつは想像もしないから、驚きを隠せない。

私は驚愕しつつも、やっぱり非は自分にあると思って、首を横に振った。

「卑怯なのは私のほうです。あれだけ、私が妻役だと迷惑をかけるだなんだと言っておいて、私はこのまま本当のことを告げずに、清臣さんのそばにいたいって、心のどこかで思ってしまっていました」

目を伏せ、自分の感情を今一度確かめる。

これまで、あまりまともに恋愛をしてこなかったせいと言ったら、都合のいい言いわけだ。でも本当に、私自身、今抱いている想いに翻弄《ほんろう》されているのだ。

冷静にもなれず、簡単にあきらめることもできず……彼との時間を反芻しては、『願わくば』と独《ひと》り善《よ》がりな希望を胸の中で温め続けていた自分の気持ちに。

「どこまでも利己的で、どうしようもない……ごめんなさい」

ひたすら頭を下げ続けて謝ると、しんと静まり返った。不安を堪えきれなくて、恐る恐る視線を上げる。すると、清臣さんは私を見て、顔を綻《ほころ》ばせていた。

なぜそう、うれしそうな顔をするのか、さっぱりわからなかった。

狐につままれた心境で彼に見入っていたら、そっと頬に触れられる。

「俺の知るあなたは、笑顔でたくましくて、しっかりしていて……。でも、その明るい表情の裏ではどれだけのものを抱えているのか、ずっと引っかかっていた」

私が抱えていたもの――。きっと婚期や仕事のことくらいで、どれも世間ではよく聞く悩みだ。

「実はこっそり泣いていたところに遭遇したこともある。俺が声をかけるまでもなく、紗綾はひとりで気持ちを立て直して前を向いていたんだけど」

思い出しながら話す清臣さんは、目を柔らかく細めた。

「それから空港で紗綾を見つけるたび気になって……完璧な笑顔で仕事をこなしている傍ら、あの日の涙はどうなったのかなって」

正直、どの日のどんな事情か、どういった感情だったかはっきりわからない。けれども、そんなことよりも、私自身でさえ思い出せないことを彼がずっと覚えてくれていた事実に胸が高鳴る。

「展望デッキで紗綾が思い詰めている理由を知って、共謀者になってでも支えたいと思った。だからこうして本音をぶつけられることは、俺にとってはうれしいことだ」

自分の年齢や、周囲からの言葉に惑わされたくなかった。

一緒に生きていきたいと感じられる人と、いつか自然と出逢えたら――と、心の片隅で漠然と思っていた。

今や彼はそんな私の理想であり、唯一の存在。

「さっき『好きだった』って言ったけど、俺は今もあなたが好きだ。俺のために嘘をついてくれた、あなたが」

この人は、どうしていつも私のほしい言葉をくれるのだろう。

目の前で起こった奇跡に、涙腺《るいせん》が限界を迎えた。思わず両手で顔を覆い、声を堪える。すると、清臣さんがやさしい手つきで背中を撫で、クスッと笑った。

「俺のため……だなんて、自惚れすぎだって笑う?」

この場を和ませるためにかけてくれた言葉かと思うと、ますます彼の人柄に救われて、涙が次々と頬を伝って落ちてゆく。しまいには、子どもみたいに声をあげて泣いていた。

私は頭を振って、肩を小刻みに震わせながら、たどたどしく伝える。

「嘘じゃない。……けど私はあなたの背負うものが大きすぎて……逃げ出そうとした部分もあるんです。なのに、いつの間にか清臣さんが大きな存在になってしまって」

みっともない部分とか卑怯なところとかすべて知られて、普通ならもうまともに顔も合わせられないくらい。

それなのに、こんなにいろいろ本音を晒せた相手だから取り繕うこともせずに甘えられる存在だと、また身勝手に彼を求めている。

恋をすると、理性が脆くなり、感情を抑えられなくなることを初めて知った。

自身の変化に戸惑いつつ清臣さんを窺うと、彼は唇を弓なりにして吐露する。

「どうにか挽回できて、ほっとしてる」

「挽回……」

単語を繰り返した直後、思い出す。

以前、私が初めて離婚を切り出した日のことを。

本来なら、過ちを犯した私が謝ったとて、静かに怒りを露わにされるか冷笑されるかだったはず。それを、そうやって『ほっとしてる』だなんて和やかな表情を見せる彼には、どうやったって敵《かな》わない。

私は背筋を伸ばし、彼をまっすぐに見て伝える。

「清臣さん。私は自分が足を引っ張る存在とはわかっているけれど、このまま一緒にいたい。今からでも頑張って釣り合う妻になれるように努力しますので、どうか私を受け入れていただけませんか」

最後は床に額がつくほど、深く頭を下げた。

どれだけのものを求められるか未知数なため、時間もどのくらい要するかわからない。けれども、こんな私でも頑張ることはできるから。

私の決意表明を受け、初めは目を丸くしていた清臣さんが、その瞳に柔らかな光を灯す。

「俺のほうこそあなた以外なんて考えられない。このままこの手を放す気はないよ」

彼はそう言って私の左手を握り、微笑んだ。

それから、照れくさい気持ちが残る中、私は清臣さんと向かい合って夕食を食べていた。

一緒に作ったトマトサラダを口に運ぼうとして、直前で箸《はし》を止めた。

「あの。『前から違和感はあった』って……どのときですか？」

さっきは感情が昂っていたのもあって、気づけなかった疑問を投げかける。

「んー。俺の『将来にも支障が出る』とか、俺に対して『料理をしないのに』とか。あ、あとこの前、母からの着信を見て『お義母様から』って言ったときも、母の名前も忘れているはずなのにって思って」

「あ……」

指摘されれば、心当たりのある出来事のオンパレード。記憶はしっかり残っていたわけだから、頭の中がごちゃごちゃになって細かな発言まで気を配れなかった。

気まずい気持ちで首を窄めていたら、清臣さんは苦笑する。

「でもたまたまかなとも思ったし、なにより下手に追及して、紗綾が離れていくのは絶対に避けたかったから」

こんなに私を必要としてくれる人なんて、後にも先にも絶対にいない。

この先、清臣さんにも誰にも嘘はつかないと心に固く誓う。

「私、もう二度と嘘はつきません。そして、清臣さんのことも二度と疑ったりしません。本当にごめんなさい」

「俺、なにか疑われていたっけ？」

清臣さんが、きょとんとして聞き返した。

「今日の電話の。ご友人の話です」

あれは完全に女性だと決めつけてしまった。思い込みって恐ろしい。

彼は「ああ」と思い出したように声をあげた。

「というか、ベッド……なくなっちゃって、まずかったですよね？」

「いや、気にしなくて大丈夫。そもそも、うちを出ていくときに話してたことなんだから。半年は取っておくけど、それを過ぎたら処分するからなって」

「え、そうだったんですか」

そういう話なら、勝手に処分したことにはならないのかな……？

首を捻って考えていたら、清臣さんがぽつりとこぼす。

「それに……いくら親友とはいえ、ほかの男が使っていたベッドになんて寝かせたくなかったんだ」

彼の言いぶんを聞き、そんなふうに考えたうえでの行動だったとわかり、途端に顔が熱くなる。

「そ、そういうものですか？」

私の質問に、清臣さんは少々気恥ずかしかったのか、顔を横に向け、口元を手で隠すように肘をついた。

「そういうもの」

そうして、ぼそっとつぶやいた直後、目だけをこちらに向けて続ける。

「紗綾が寝るのは俺のベッドだけにして」

6．無期限の約束を

あれから数日――。八月に入った。

私たちは新しい関係へと発展し、私に至っては以前とはまた別の意味でドキドキした日々を送っている。

清臣さんのご実家には、私が早番の日に合わせて清臣さんと一緒に再度話をさせてもらい、このまま婚姻関係を継続する方向で許しを得た。

といっても、私がついた嘘はそのままで……。

私は申し訳ない思いしかなかったので謝ろうとしたのだけれど、清臣さんが『得策ではない』と制止した。『そもそも今回の偽装夫婦も嘘から出た実《まこと》となったのだから、記憶がないという嘘もあえて訂正せずに少しずつ記憶が戻ってきた体にするといい』と提案され、かなり悩んだ結果そうすることにした。

当然、許されたからこれで終わりだなんて気は毛頭《もうとう》ない。むしろ、懺悔できないことが唯一の罰と思って、今後清臣さんはもちろん、ご両親、ひいては八重樫家に報いるために努力をしていくと胸に誓った。

ちなみに、留美にもちょうど休憩時間が一緒になったタイミングで、『同じ悩みを持っていたところから意気投合し、結婚した相手がNWCの跡取りである清臣さんだと知った』と説明をした。

それもまた一部事実とは異なるけれど、本当のことを洗いざらい言ってしまうと清臣さんのイメージが悪くなるかもしれないと懸念して、留美に心の中で謝った。

留美からは『そんなドラマみたいな話があるの？　希望が持てる！　ありがとう』となぜか感謝されて戸惑ったのだった。

そして、今日はいよいよ愛李の結婚披露パーティー。

お昼からスタートした三時間の貸し切りレストランパーティーは、ゆっくりとお祝いできてとてもよかった。

愛李は妊娠七か月。お腹も顔も少しふっくらとして以前にも増して柔らかい印象だった。体調もいいと話す彼女は幸せそうで、私はなぜだか泣きそうになったほど。

これまでも、友人の結婚は心から祝福してきた。ただ同時に、友人を祝うごとに結婚に対するプレッシャーがひとつずつのしかかってくる気がして、複雑な心境にもなってきた。けれども今日は、心も足取りも軽い。

温かな気持ちのまま、私は会場をあとにして待ち合わせ場所へと向かった。

レストランから歩いて約五分のパーキングに着くと、見慣れた車が目に入り思わず駆け寄る。助手席のドアを開けると、笑顔を向けられた。

「おかえり。どうだった？」

運転席に座っていた清臣さんに、即答する。

「すごくよかったです！　幸せお裾分けしてもらった気分です。あ、お迎えありがとうございます。せっかくのお休みに、わざわざすみません」

今日は土曜日で彼は休日だ。ちょっと半端な時間のお迎えに、申し訳なさが募る。

「気にしなくていい。俺が一分でも早く紗綾に会いたかっただけ」

目をやさしく細め、ストレートに言われたセリフに心臓が早鐘を打ち始める。

すると、清臣さんは「ん？」と不思議そうな顔をした。

「あの……これが本当の清臣さん……なんですよね？　こっちが赤面しちゃいそう」

頬が熱い。多分、耳まで赤くなってると思う。

この間、お互いに気持ちを伝え合った際に清臣さんが言っていた『ありのまま』とは、こういうところなのだと改めて認識する。

「あっ。嫌だったなら謝る。ごめ……」

「ち、違います！　嫌じゃないです！　ちょっと威力がすごいなって思っただけで」

慌てて謝ろうとされたから、こちらもすぐさま否定した。

「威力？」

清臣さんはピンと来ていないのか、きょとんとした様子でつぶやいた。

「清臣さんのような男性がこう……甘いセリフを言うのはあまりに刺激が強いといいますか……ドキドキしちゃって」

だって、誰が見ても魅力的な人。綺麗な顔立ちも、モデル顔負けのスタイルも、着ている服も笑顔も気遣いもある。そんな男性から、正面切って求められるというのはうれしさよりも照れくささが勝って、まともに受け止めきれない部分が……。

本当に、清臣さんは相手を溺愛しちゃうタイプなんだ。

「ドキドキしてくれてるの？　それは俺にとっては朗報だな」

臆面《おくめん》もなくそう言って、私の顔を覗き込む。

ふたりきりの空間でこんな状況、心臓がいくつあっても足りないくらい。

「ところで、本当にずいぶんと早い解散だったね。まだ四時前だ」

彼のほうから話題を戻してくれて、ほっとした。あのままなら、まともに会話もままならなくなりそうだった。

「主役の子が今妊婦さんなので。パーティーのみでした」

「なるほど。そうだったんだ。じゃ、ここからの時間は遠慮なく俺がもらってもいいってことだ……紗綾？」

しかし、結局清臣さんの口から出てくる言葉は赤面必至のものばかりで、ついに私は両手で自分の顔を覆ってしまった。

「もう。そういうのですよ。慣れなくて、息が止まりそうになる」

ドクドク騒ぐ胸の影響で声が震える。どうにか態勢を立て直そうとしていたとき、ふいに右手首を掴まれて、視線がぶつかった。

「なら、そのたび人工呼吸してあげようか——なんてね。冗談」

今のは絶対にわざとだ。私を翻弄しようとして、そんなことを。

わかっていても、彼の思惑通りに動揺してしまう私は、口をパクパクさせるだけでなにも言えない。

清臣さんはくすくすと笑って、手を離した。

「お腹はあまり空いてないだろう？　ちょっとドライブでもしよう。行き先は任せてもらっても？」

小声でようやく「はい」と返事をすると、清臣さんはハンドルを握った。

なんだかデートみたい。ううん、結婚してたって、ふたりで出かけたら『デート』

でいいんだよね。きちんとお互いに気持ちを交わし合ったあとのお出かけは、これが初……。今さらながら緊張してきた。

手のひらに少し汗を握り、窓の向こう側を眺める。流れる街並みを瞳に映し出しながら、愛李との会話を思い返した。

『いきなり夫婦にはなれないよ。ちょっとずつ、ふたりでそうなっていく感じと思ってる。きっと子どもが生まれたあとも同じ。少しずつ家族になるんだろうなって』

すでに入籍済みの愛李に、『新婚生活はどう？』と尋ねて返ってきた言葉だ。

愛李の考え方は、今の私にしっくり来る。

私たちは一足飛びで来たから、置かれた状況に気持ちがついていかないんじゃないかと少し不安が残っていた。でも、世間的にはすでに夫婦の私たちだけど、今からふたりで一歩ずつ進んでいけばいいんだよね。みんな、そうして同じようにちょっとずつ変化していっているんだ。

愛李のおかげで心に落ちつきを取り戻した私は、運転中の清臣さんに問いかける。

「これは、どこへ向かってるんですか？」

「横浜《よこはま》。景色でも見に行こうかなって」

「横浜！　しばらく行ってないです。眺めのいいところが多いですよね」

普段行けない距離ではないのに、なかなか足が向かない場所だ。

横浜に到着したのは、午後五時半過ぎ。私たちは、市内の商業施設をぶらりとして楽しんだ。そして約一時間後、清臣さんが言った。

「そろそろ時間だ。行こう」

どこか予約してくれているのかなと思うも、清臣さんはそれ以上なにも触れない。なんとなく聞いてはいけないのかなと核心をつけないまま、再び車で移動する。十数分で別のパーキングに車を止め、清臣さんについていった先はヘリポート。

「へ……ヘリコプター……？」

まったく予想もできない展開に驚愕する私に、彼は微笑んだ。

「今日は特別な日にしたくて、スカイクルーズを予約したんだ。ある意味、初デートだろう？　航空機で空に馴染みはあるだろうから、ちょっと趣向を変えてみた」

さっき考えていた『一歩ずつ』というものを、清臣さんも感じてくれているのだと思ってうれしくなった。

そう。今日は私たちにとって特別な日。お互いに本音を伝え合い、わだかまりがなくなってから初めてのデートだ。

驚きも冷めやらぬ間に、機内に乗り込みシートベルトをしてヘッドホンを装着し、ヘリコプターは離陸した。

想像以上のエンジンの振動とプロペラの音に圧倒される。初めこそ強張っていたけれど、そのうち眼下に見える景色に心を奪われていった。

横浜から東京のほうへ移動する。スカイツリーなど都内の景色を堪能し、折り返して再び港町が見えてきた頃は、ちょうど夕陽が沈んでいくところだった。

「わあ！」

夕陽を見下ろすのって、不思議な感じ。航空機とは少し感覚が違う気がする。比較すると高度が低いからか、迫力がある。

「なんだか特別な瞬間でしたね」

夕陽が完全に落ちた直後、思わず隣を振り返って言った。しかし、ヘリコプターの音でかき消されて声が届くはずもない。にもかかわらず、ジッとこちらを見つめる清臣さんにしどろもどろになりながら、聞こえもしないのに話し続ける。

「えっと、け、景色が……」

刹那、シートの上で指を絡ませるように手を握られる。手元から再び清臣さんに目を向けると、彼はにっこりとしてゆっくり口を大きく開いた。

〝可愛い〟

口の動きだけで読み取れたセリフに、指先まで熱くなる。清臣さんは、景色よりいいものを見たと言わんばかりの満面の笑みを浮かべていた。

約三十分の周遊を終え、ヘリポートをあとにした私たちは、その足で近くの公園を散歩することにした。

「絶景！ってああいうときに使う言葉ですね。あと、なんか遊園地のアトラクションみたいだった。興奮してひとりではしゃいじゃったな」

「遊園地か。いいね。それも今度行こう」

並んで会話をしながら、お互い微笑み合う。

こんなにも充実して満たされる時間は、初めてかもしれない。

私が見つめると、清臣さんはニコッと笑って、さりげなく手を取った。こうして手を繋ぐのも、少しずつ慣れてきた気がする。

くすぐったい気持ちになり軽く視線を落としたとき、突如明るい声が飛んでくる。

「キヨ！　見つけた！」

長身の清臣さんと同じくらいの……いや、清臣さんよりほんのちょっと背が高い男性が、私たちの元に近づいてきた。

今、清臣さんの名前を呼んだ？　清臣さんの知り合いなのかも。

そう思った矢先、清臣さんが驚いた顔で反応する。

「ナオ……？　なんでここに」

やっぱり知り合いなんだ。そうとわかって、ほっとしたかと思えば、聞き覚えのある呼び名に記憶を探る。

『ナオ』って……えっ。あのときの着信の！

「さて、なんででしょう」

その彼が質問を質問で返し、おどけてみせた。すると、清臣さんは額に手を添え、すぐに回答する。

「ああ。そういやここのヘリクルーズの運営会社とは、お前も親しいんだったな」

「ご明察。でも勘違いしないでくれよ？　キヨの動きを嗅ぎまわっていたわけじゃない。さっき、本当に偶然今日のことを耳にしただけ」

「そこまでするやつじゃないことくらい、わかってる」

清臣さんはため息をついていても、本心から煙たがっているわけではないと感じられる。

「さすが親友。でも悪いな。今回キヨは〝ついで〟。俺は彼女に会いに来たんだ」

するとと、ふいに彼が視線を私に向けてくるものだからドキリとした。

「初めまして。政埜尚美です」

彼は気さくな雰囲気で自己紹介をした。明るく屈託のない印象の笑顔は、たとえるなら太陽みたいな感じ。短髪のヘアスタイルもよく似合っている。

「紗綾と申します。少しですがお話は伺っておりました。清臣さんとは学生時代のご友人だと」

「そうなの？　でも残念ながら、俺には紗綾ちゃんの情報を教えてはくれなくてね。あ、でもひとつ教えてくれたか。体調崩してたんだって？　大丈夫？」

体調？　清臣さんがそう言っていたってことかな。だとしたら、この前の事故の件をそう説明していたのかも。……それよりも。

なんだろう。笑顔のはずなのに、どこか気を許せない雰囲気を急に感じる。

政埜さんの私を見る目の奥が、なにかを探っているようにも思えて警戒する。

つい返答が遅れると、清臣さんが割って入る。

「ナオ！　いったいなにを考えてるんだ」

「俺はふたりがどんな出逢いをして結婚に至ったか、まったく知らないからさ。君のことをよく知りたいんだ。紗綾ちゃん」

政埜さんはすかさず言葉を被せ、私だけをまっすぐ見て口角を上げた。

彼がなにを考えているかはわからないけれど、私に会いに来たというのはあながち嘘ではないのかもしれない。

「はい。できる限り、ご質問にお答えいたします」

私は心を決めて、政埜さんと向き合った。

清臣さんが長年大切にしている友人なら、私もよく知りたいし知ってもらいたい。

「ありがとう。じゃあそうだな。まず、君はなにをしてる人？　ご実家は？」

「不躾《ぶしつけ》すぎるだろう！　紗綾、もう構わなくていいから」

政埜さんが早速質問をすると、清臣さんが強引に私たちの間に入った。きっと私に気遣ってそうしてくれたのだ。

「大丈夫です」

私はそっと彼の腕に手を添えて、再び政埜さんを見据えた。

「私は現在、XZALグラウンドという会社にグランドスタッフとして所属していて、実家は呉服屋を営んでおります」

「へえ～。意外だな。キヨの会社とは別の航空会社だ。うん、なるほどね。グランドスタッフと呉服屋なら、君の落ちついていて清廉《せいれん》な雰囲気も納得がいくよ」

彼の反応からは、明らかな悪意は感じられない。純粋に私を知ろうとしている？

親友の結婚相手について気になる心境は、私もなんとなくわかる。

いろいろと頭の中で推察していると、彼からさらに質問を重ねられる。

「んじゃ、もうひとつ聞こうかな。キヨのどこを好きになったの？」

ひとつめとは違い、簡単に答えられる質問ではなかったことに戸惑いを覚えた。

それに、政埜さんの表情は変わらないように見えて、その目はなにか探るような真剣なものを感じる。

一瞬動揺したけれど、たとえどんな質問をされようが、ありのままの気持ちを答えるだけだ。

「一番は……私を見ていてくれるところでしょうか。もちろん見られすぎも恥ずかしいのですが。ただ、それ以上になんていうか……胸が温かくなる。どんなときも否定せずにいてくれる清臣さんに、私も寄り添い心を尽くしたいと思っています」

「へえ？」

政埜さんはひとことつぶやくだけで、しばらく私をジロジロと見ていた。だけど、今の私はひとつもやましい気持ちはないから、真正面からその視線を受け止める。

なんとも言えない空気の中、清臣さんが動こうとしたのがわかった。その直前、政埜さんが清臣さんの横をすり抜け、私の目の前までやってきた。

「正直さ、疲れない？　キヨって、どちらかというと過保護気質でしょ？」

そうして耳打ちをしてきた内容に、私は目を見開き政埜さんを見上げる。

清臣さんを貶《おとし》めるような言い方には疑問を抱いたけれど、迷わず答えた。

「いいえ。疲れることはないです。けど、そうですね。仮にそう感じたときには、本人に話をしようと思います。嘘はつきたくないので」

「本人に？　過保護をやめろって？」

政埜さんは苦笑気味に反応した。でも私は、至って真面目に答える。

「お互い我慢しないで素直に向き合える関係がいいな、と。この先もずっと一緒にいたい大切な人だからこそ、苦しい嘘はつきたくないし、つかせたくないんです」

私たちは、初めから嘘ばかりついていた。両親や周囲に偽装結婚の嘘をついて、そのあと清臣さんは私に本当の初対面のことと本心を、私は清臣さんに契約結婚の経緯を覚えていないと偽った。

政埜さんにそれらの詳細までは言えないけど、〝嘘をつかない、つかせない〟という気持ちは自分の反省と今後の決意として確固たるもの。

真剣な思いで政埜さんから一秒たりとも目を逸らさずにいたら、彼は幾分表情を和らげ、ぽつりとこぼす。

「苦しい嘘をつかせたくない、か。……そうか」

そのとき思った。彼はきっと私を試したかったのだろう。大切な親友の清臣さんを傷つける存在ではないかどうか……幸せにできる相手かどうかを。

果たして私は彼のお眼鏡に適《かな》ったのだろうか。

さすがに気になり、政埜さんをジッと見つめ続ける。すると、おもむろに手を差し出された。反射的に両手で受け皿を作ると、キーを渡される。

「これは紗綾ちゃんに返すよ」

手の中のキーは見覚えのある形。

「えっ……これは、うちの？」

清臣さんが貸していたらしきスペアキーだと気づく。

政埜さんの顔を見れば、晴れやかな顔をしている。

「親友としてずっと心配していた。キヨはやさしすぎるところがあるから。今回も、自分の幸せじゃなく相手を優先して結婚したのではと疑っていたんだ。ごめん」

今回〝も〟……？　相手を優先して？　確かに以前、清臣さんが私を知った頃の話をしてくれたときに、彼が女性に対して素っ気ない態度をあえて取っていたようなことを聞いて違和感を抱いてはいたけれど。

親友の政埜さんがここまで心配になるほどの、なにかが……？

「ナオ、彼女との結婚は俺の意思で、むしろ俺が押し通した」

政埜さんはそれに対しなにも言わないものの、どこか満足げな表情を浮かべていた。

すると、突如視線が再びこちらに向けられる。

「紗綾ちゃん。キヨは普段はクールだ。だけど特別な相手の前でだけは違う。めちゃくちゃ尽くして甘やかして溺愛する。それはよく知ってるだろ？」

ここで『はい』と即答するのは、さすがに気恥ずかしくて躊躇った。

困った私を見て心情を察してくれたのか、政埜さんはそのまま続ける。

「だけどキヨは、そんなふうになれる相手と巡り会えたことがなかった。下心があるやつばかりでね。だから、キヨはあきらめてしまったんだ。本当は誰かを心から愛して、愛されたい欲求があるのに」

下心がある人しか……？　そんなことってあるの？　もしかして、〝清臣さんだから〟……？　整った容姿でいて御曹子だから……。じゃあ彼は、内面ではなくステータスを重視されていたっていうこと？

清臣さんを見てみれば、否定せずにやや困ったような表情を浮かべていた。彼の反応から事実だと察し、彼の心の傷を想像して胸が痛くなる。

それなら、女性に対してマイナスイメージが先行してしまう気持ちも理解できる。

「紗綾ちゃん。君はキヨに嘘をつかせないと言った。俺はその言葉を信じるよ」

政埜さんのまっすぐな瞳と声を受け、しゃんと背筋を伸ばし、迷いなく「はい」と返した。

政埜さんは満足げに目を細める。

「さてと、そろそろホテルに帰って準備するかな。明日午前の便で戻るんだ。キコ、また連絡する」

「ああ。今回は時間が取れなくて悪かった。今度は三人で食事しよう」

「いいね。そうだ、紗綾ちゃん。そのときは着物でぜひ。インスピレーションを高められそう。ああ。俺、海外にいくつか飲食店を出してるんだけどさ」

「えっ」

政埜さんって、海外でお仕事をしている人なんだ。それを知ると、彼の距離感とかコミュニケーションの取り方とか、なんだか納得がいく。

すると、清臣さんに肩を抱き寄せられる。

「紗綾を利用するのはお断りだぞ」

「人聞きが悪いな。ほらね、紗綾ちゃん。キヨのこういうとこ。平気？　って、あー。

平気そうだ」

政埜さんが冗談交じりに言ったあと、私の反応を見て揶揄する。

人前で急に肩を抱かれ、さらに独占する言動をされて頬が熱くなった私に気づいて冷やかされたのだ。

政埜さんは「キヨをよろしく」と、爽やかに片手を大きく振って去っていった。

「政埜さん、とても明るい人ですね。それにすごく清臣さんを大切に思ってる」

「あれで不思議と昔から気が合うんだ。にしても、今回は急すぎたけど」

なんとなく、政埜さんは神出鬼没《しんしゅつきぼつ》っぽいと思って密かに笑った。

「気を取り直して。もうちょっと歩こう」

清臣さんの誘いに頷き、私たちは海沿いの公園を散歩する。

横浜は何度か遊びに来たことはある。思い返せばどれも友達と一緒で、こういうロマンチックなスポットには足を延ばさなかった。テレビや雑誌でよく見聞きしてはいた夜景をいざ直接目にすると、紙面や画面で見るよりも圧倒的に美しくて驚いた。まるで夢の中を歩いているように、ふわふわする。

「そういえば、デスクの件はよかったんですかね、政埜さん」

「大丈夫。紗綾が使ってるって言えば譲ってくれるさ」

「それは申し訳なさすぎます、よ……」

立ち止まった彼を見上げると、夜景ではなく私を見つめ、顔を綻ばせていた。

それはたった今、私が海の向こう側の景色を眺めていたのと同じ、自然と浮かぶ笑みだ。

眼前にキラキラと綺麗な光が散らばっているのに、一切意識を引かれずこちらだけをそうまっすぐ見つめ続けられると……。

いつの間にか私も清臣さんの瞳に吸い込まれ、夜景も視界に入らなかった。

「あ、あの」

緊張が最高潮になり、なにを話そうか定まってもいないのに堪らず声を漏らした。

「うん？」

言葉が続かない私に、彼はやさしく微笑みかける。途端に、私の心臓は大きく速い脈を打ち始める。

清臣さんの言葉や行動からはもちろんだけれど、その目、その表情だけで、どれだけ想いを寄せてくれているかが伝わってくる。

名づけようのない感情が溢れ出すと、思わず清臣さんに問いかけていた。

「以前、清臣さんが『自分の気持ちを晒すことに抵抗があった』って話してくれたのは……もしかして、さっき政埜さんが教えてくれたことに関係してますか？」

あのときは、そこまで深く考えていなかった。

清臣さんは目を少し大きくしたあと、繋いでいる手にきゅっと力を込める。

「情けないけど……傷つくことに敏感になっていたから。一度でも心を開いた相手から裏切られ、そのたび幻滅と失望に陥ることの繰り返しはもうやめたかった」

恋愛初級者の私には、気の利いた言葉ひとつ浮かんでこない。

「言いづらいことを言わせてしまって、ごめんなさい」

清臣さんは「いや」とひとこと返し、苦笑した。

彼にそんな顔をさせた自分に情けなくなるも、気持ちを立て直す。そして、まっすぐ彼を見据えて口を開いた。

「さっき政埜さんにも言いましたが、もしも私がなにか思うことがあったときは、我慢したり避けたりするのではなく、話し合いをしようと思っています」

どうか伝わって。

強く願う気持ちで、誠心誠意言葉を尽くす。

「だからもう、怖がらないで。私はもう、絶対に嘘はつきません」

これは決定事項。もうあんな間違った選択はしない。

清臣さんはわずかに口角を上げた。

「ありがとう」

彼はお礼を口にしたのち、私の正面に移動して凛とした表情を向けてきた。

「紗綾。実際はもう入籍も済んでるけど、けじめとして言わせてほしい」

真剣な声と少し緊張感が漂う雰囲気に、ドキッとする。

彼はアウターのポケットから取り出した小箱を、両手でこちらに差し出す。

「椿紗綾さん。俺はあなたを心から尊敬し、愛しく思っています。俺とこの先の人生を、ともに歩んでいってくれませんか」

絵に描いたようなプロポーズ。

こういうシチュエーションで涙を流すヒロインの気持ちが、今ならよくわかる。

〝この人と一緒にいたい〟――。そう思っていた相手から、同じ気持ちを伝えられたということは、どれだけ奇跡的で幸せなことなのか。

まるで、今この瞬間が訪れると心のどこかで知っていて、ようやく運命の人と邂逅《かいこう》したみたいな感覚。

彼との出逢いは偶然で、でも必然で……。

私にとっては運命だったんだって。

「はい。どうぞ……よろしくお願いいたします」

感極まりながらもどうにか答え、深く頭を下げた。その体勢のまま、幸せを噛みしめていると、清臣さんに手を取られる。

ゆっくり顔を戻した先に、安堵したようなうれしそうな表情を浮かべる清臣さんと目が合った。そして、小箱を渡される。私は彼が見守る中、そっとふたを開けた。

上品なデザインのピアスだ。中心は薄いブルーのアクアマリン。それをぐるりと囲っているのは……ダイヤモンド。小ぶりなのにその輝きは存在感があって、ひと目で高価なものだとわかる。

「……可愛い。もしかして、仕事に使えるようなデザインを選んでくれました？」

XZALでは、CAやグランドスタッフのピアス装着が許可されている。ただし、直径五ミリ以内のものと指定がある。ほとんどのスタッフはパールをつけていて、かくいう私もパールのピアスは持っていた。

「ああ。でも普段使いにしてもいいし、紗綾の好きなときにつけて」

にっこりと笑う清臣さんに、人目も憚《はばか》らず抱きついた。

温かな胸に顔を埋めて、涙をこぼす。

「うれしい。贈りものも、今日のデートも。忘れられない日になりました」

清臣さんは私の背に手を回し、やさしく抱きしめてくれる。少し経ったあと、どちらからともなく静かに距離を取り、キスをする。唇を離し、清臣さんは私の頬を包み込んで笑った。

「ちゃんとプロポーズしたかった。喜んでくれて……受け入れてくれてよかった」

私が笑顔を返すと、彼は続ける。

「プロポーズが無事に成功したから、次は式かな。俺、紗綾の和装もドレスも両方見たい。誰よりも一番近くで」

私は清臣さんの言葉に驚き、目を丸くする。

私たちのこれからを想像して話をする彼の瞳はとても輝いていて、すぐそばにある夜景よりもずっと綺麗で魅了された。


——翌年四月。

あの展望デッキでの出逢いから、丸一年が経とうとしていた。

今日は、いよいよ私たちの結婚式当日。

場所は私の職場でもある空港内……そう。以前清臣さんに同行してレセプションパーティーに参加した、スカイシアイルホテル内の式場だ。

午前十時から親族のみで神前式があり、その後披露宴を予定している。

朝早く空港に来るのは慣れている私だけれど、さすがに結婚式の主役ともなると緊張していた。

控え室でメイクと着付けをしてもらい、スタッフの人たちも一度部屋を出てようやく椅子に腰を落ちつけた。そこにノックの音がする。

返事とともにドアを振り返ると、母の姿があった。

「お母さん。ちょうど今、着付けが終わったところ」

母は特に緊張も興奮もなく、「そうみたいね」と普段通りの様子だった。

私はというと、式を目前に控えている緊張感もあって、相手が母であってもなんだかそわそわと落ちつかない。

平常運転の母を見上げ、そういえば初めて清臣さんを紹介した日、喜ぶかと思いきやまさかの結婚反対をしてきたんだよな、と振り返る。

ある意味、あのときも母は冷静だった。

母はゆっくり歩み寄ってきて、私の姿をしげしげと見て口を開く。

「本当のことを言うと、清臣さんと早々に入籍すると聞いたあと、式は挙げないんだろうとお父さんと話していたのよ」

突然言われたことに驚き、たどたどしく返す。

「あ……。確かに挨拶のときは、なにも予定していなかったから」

正しくは、離婚する予定だったため、式を挙げるつもりはなかった。

それを密かに胸の内でとどめ、ばつが悪い思いで母から目を逸らす。

「紗綾はドレスを選ぶと思ってた。だから、二重に驚いたわ。白無垢《しろむく》姿が見られるなんて露ほども思わなかったのに」

さっきまでは淡々と聞こえた母の声に、微妙な変化を感じた。ゆっくりと母に目を向けると、眉間に小さく皺を作っている。

母は怒ったり嘆いたりしているのではなくて、喜んでくれていると直感した。

「私……実家が嫌とか呉服屋が無理とか、思ったことない。ただ若い頃は、着物より流行りのものに興味を引かれていただけっていうか」

自然とこれまで胸の奥にしまっていた本音が口からこぼれ出た。今なら、私も心穏やかに……母もまた、受け止めてくれる気がしたのだ。

「仕事も自分が目指したい職を……結婚も周囲に急かされてじゃなくて、自分がそうしたいと心から思ったときにできたらいいなと思ってた。そりゃあ、お母さんが私の年齢を気にして心配になる理由もわからなくはなかったけれど」

たったこれだけのことを、何年もうまく伝えられずに実家を避けていたなんて、今となっては不思議で仕方がない。

私はすっくと立ち、母と向き合う。

「だから今日のこの白無垢は、お母さんやお父さんに気を遣ったわけじゃないから」

自分の晴れ姿を見てほしいと真っ先に浮かんだのは、家族だった。そして、その日の自分の姿を想像したとき、迷わず白無垢だった。

母は一瞬驚いた顔をした。そして、視線を横に流し穏やかに笑う。

「そうなの。でも清臣さんや、お義母様はとても気遣ってくださったわね。とてもうれしかった」

母の言う通り、式を挙げると正式に決まる少し前から、清臣さんを通してお義母様が本格的に母に衣装をはじめ、式場や日取りなどの綿密《めんみつ》な打ち合わせをしてくれていたと聞いていた。

うちは呉服屋だ。そのため、七五三や成人式、卒業式などが続く時期は忙しい。現にこの間の繁忙期は、私もホームページ作成を手伝ったりした。だから、そういう事情を汲んで式の日程候補を一緒に考えてくれたのだ。

「白無垢は、邪気を祓い嫁ぎ先に染まって心を新たにする。そういう意味が込められた、もっとも格式が高い衣装と言われているのよ」

「……そうなの？」

今教えてくれた話は、格式高い衣装というもの以外初耳だ。呉服屋の娘のくせに……と、心の中で苦笑する。しかし、母はそんな私に苦言を呈することはしなかった。

「そういう話をすると、古い考えだと言う人もいるでしょうけど。やっぱり歴史ある呉服屋を継いでいる立場からすると、こういう伝承は大切にしたくてね。八重樫家の皆様は、なんとなくそんな私たちの気持ちを汲んでくださった気がして……」

遠くを見つめていた母の目が再び私に向く。

厳しくも愛情のある真剣な眼差しに、自然と背筋が伸びる。

「紗綾。今教えたように、心新たに、八重樫家の人間として精いっぱい尽くしなさい。そうして、清臣さんを支えていくこと」

「――はい」

身が引き締まる思いで返事をすると、母がふいに笑いをこぼす。どうしたのかと首を傾げれば、再び「ふふっ」と笑い声を漏らして言った。

「清臣さんなら紗綾と同じように……いいえ。もしかすると、何十倍にもして大事にしてくれそうだわ」

清臣さんが私を大切にしてくれていることは、とても幸せなこと。だけど、母にそれを見透かされているのは少々恥ずかしい。

私は内心慌てて、必死に話題を逸らす。

「これ！　試着したときにも感じたけど、この着物が一番触り心地もいいね。柄もうちの名前と同じ〝椿〟なのは偶然？」

「着心地がいいのは正絹《しょうけん》だからよ。柄は……そうね。偶然といえばそうなのかもしれないわ。でも、数年前にその着物に出逢った瞬間……お父さんとふたりで目を見合わせたのよ。紗綾に着せたいって」

「数年前って……」

私が実家に寄りつかず、結婚の予定だってまるでなかった頃に？

衝撃的な事実を知り、母を凝視した。母はそんな私を見て、なにを思ったか察したみたい。クスッと笑ったあとに、私の手を取る。

「椿は悪霊を祓い、幸福と繁栄の意味が込められたもの――。紗綾、幸せに」

私は化粧が崩れることも忘れ、思わず涙をこぼした。

「ありがとう……お母さん」

そこに、再びドアをノックされ、慌てて涙を拭い、「はい」と返す。やってきたのは、黒五つ紋付羽織袴《はかま》姿の清臣さんだった。

「お義母さん。いらっしゃったんですね。すみません。またあとで出直します」

「大丈夫よ。話はもう終わったので私が失礼するわ。じゃあ、式でね」

母は清臣さんにそう言って、早々と控え室を出ていった。

清臣さんは母を見送ったあと、気まずそうにこちらを振り返り、頭を掻いた。

「ごめん。せっかくの水入らずを邪魔して」

「ううん。本当にちょうど話が終わったところだったから気にしないで」

「それならいいけど……泣いてたの？」

清臣さんは心配そうな顔をして、私の目元にそっと触れる。

「あー、ちょっと感極まっちゃって……メイクさんに謝らなきゃ。それより清臣さん。とっても素敵です。似合っているし風格も感じられて、見惚れちゃう」

夏に浴衣姿を見たことはあるし、式の準備段階でも試着した姿も見た。なのに、何度でも見入っちゃう。

清臣さんは自身の姿をしげしげと見る。

「和装って不思議なもので、気持ちが引き締まるな」

「わかる。私もいつも気持ちがしゃんとする。特に今日は初めて着る衣装だし……どこかおかしくない？　着物は着慣れてても、白無垢や綿帽子はさすがに」

すると、清臣さんは私の後ろに回り、肩に手を乗せて椅子へと誘導した。私はされるがまま、さっき座っていた椅子に腰を下ろす。

清臣さんを見上げると、彼は顔を近づけて破顔する。

「綺麗だよ。紗綾の白い肌に赤い口紅が映えて……和髪もよく似合う。このままずっと見ていたい」

歯の浮くようなセリフは彼の通常運転。だからといって、聞き慣れたわけでもないから、顔を背けて平静を装う。

「だめ。……これ以上緊張したら、本番で失敗しちゃう」

半分冗談であろう清臣さんの言葉を拒絶すると、彼はクスッと笑う。

「わかったよ。ああでも、まだ夢を見てるみたいだ。こんなに心が幸福感で満たされたことは今までにない」

改めて噛みしめるように言われ、ますます鼓動は速くなり、頬が熱く感じる。

「もう。あんまりそういうこと言われたら、照れくさ……」

清臣さんを見上げた瞬間、唇を塞がれる。茫然としていたら、清臣さんは子どもみたいにはにかんだ。

「我慢できなかった。涙の跡のついでに、口紅も直してもらって?」

「……なっ、にを言って」

「俺は先に行って待ってるから」

ふいうちのキスに翻弄された私は、まともに言葉も出せずその場で固まった。

「もう、いきなり」

ひとりきりで文句をつぶやきつつも、鏡の中の私は頬が緩んでいた。

披露宴も無事に終わり、私は色打掛を着たまま、清臣さんと控え室で束の間の休憩をしていた。

「紗綾、疲れただろ? 大丈夫?」

「さすがに少し。でも疲れより充実感が勝るかな。みんなに祝福してもらって、今もまだ胸がいっぱい。特にお義母様は、私の実家を最後まで気にかけてくださって感謝してる。あと、清臣さんの来賓《らいひん》の方にも衣装が好評で安心したな」

「ご両親が紗綾に一番似合うものを選んでくれたんだ。当然だよ」

ふたりで笑い合い、温かな雰囲気に包まれる。笑い声が止んだのち、ぽつりと口にした。

「今日……特に清臣さんの会社の方たちに、たくさん祝辞《しゅくじ》をいただいたことは印象的で、本当にうれしかった」

契約結婚をしたばかりのときには、想像もできなかった。

私たちの関係が本物になったことはもちろん、結婚披露宴でXZALグラウンドとNWCホールディングスの来賓客が円満な雰囲気で杯《さかずき》をかわすだなんて。競合他社という関係性を意識しすぎていたのは私だけだった。考えたら、以前のレセプションパーティーでも、本間社長と清臣さんの関係も良好そうだったっけ。

私は手をもじもじさせながら、小さな声で言う。

「実は私、つい最近まで、清臣さんが社内で立つ瀬がなくなるのではと心配してて」

清臣さんは、ソファに座っていた私の隣に腰を下ろす。

「そんなことないよ。ああ。まもなく正式に発表されるから教えるよ。今年度から我が社とXZAL社系列とが、地上スタッフをメインに合同研修を取り入れていくことになった」

「合同研修……？」

「互いに切磋琢磨《せっさたくま》していかないとね。これは紗綾がきっかけだよ。紗綾の笑顔や気遣いはひと際目を引くものだったから。そういう個々の魅力を知って共有し、向上に繋がれば、いい影響をもたらすんじゃないかって」

そう話す彼の横顔が、さっき執り行った神前式の誓詞奉読《せいしほうどく》の光景と重なった。

「紗綾は、進む方向がわからなくなっていた俺に明るい光で道を照らしてくれた」

凛々しい声と、希望に満ち満ちた晴れやかな表情——。

「私がきっかけだなんて信じられないけど……うれしい。ありがとう」

今の言葉は本心で嘘はない。ただひとつだけ、手放しで喜べない気持ちがある。

私は迷いつつも、吐露する。

「だけどね……」

「なに？」

清臣さんは私の雰囲気を察し、真剣な面持ちで尋ねてきた。そのまっすぐな瞳から目を逸らさず、息を吸った。

「今の清臣さんの話に水を差しちゃうかもしれないんだけど。少し前から真剣に考えているることがあって。私……近い将来、グランドスタッフの仕事をひと区切りさせる時期を見極めようかなと思ってる」

私が言うと、彼は驚いた様子で目を丸くした。

「どうして？　家のことは、これからもお互い協力し合えばいい」

「清臣さんの協力はとてもありがたく思ってる。そのおかげで恵まれた環境下で働き続けていられるもの。ただ……」

私は一度言葉を休め、彼の手を握ると、再度顔を上げた。

「グランドスタッフの仕事は、率直に言って、ずっと続けるのは難しいでしょう？」

体力が必要だし、ときには精神的にもきつい。けれど、大変な仕事を続けていられるのは、若かりし頃に抱いた憧れが胸の奥に残り続けているのと、やっぱりやり甲斐のあるこの仕事が好きだから。

清臣さんと出逢う前の私だったなら、ほかの選択肢はなくひたすら仕事に没頭していたと思う。でも、今は……。

「その……授かりものとはわかってる。わかってるんだけど……どうしたって考えてしまうの」

自分でもまさかこんな考えに至るとは、想像もしなかった。結婚はおろか恋人もなしで、毎日職場と自宅の往復をしていただけの私が、って。

不思議だけど、気づけば自然とそういう思いを抱いていた。

「望んでもいい……？　私たちの未来に、家族が増えることを」

勇気を出して告げた本心を、清臣さんならふたつ返事で受け止めてくれると心のどこかで思っていた。しかし、彼の表情が一瞬曇ったのを、私は見逃さなかった。

先を急ぎすぎだと思われた？　ううん、もしかしたら望んでいないことだった可能性だってある。恥ずかしさやら悲しさやらで、まともに顔も見られない。

「ごめんなさい。私、勝手に先走って。一旦忘れてくださ――」

「そうじゃない。違うんだ。……あまりにもどかしくて」

『違う』……？『もどかしい』って、いったい？

清臣さんは、なぜか悔しそうに小さく唇を噛んでいた。その後、続ける。

「その選択は……俺にとってとても幸せなことだけど、必然的にあなたがひとつ大切なものを一時でも手放さなければならなくなるものでもある。それは心が痛い」

清臣さんの言動に、少しずつ平静を取り戻す。

この人は、本当にどこまでも私を一番に考えてくれる。

私は清臣さんに対する想いが膨れ上がり、頭で考えるより先に抱きついていた。

「ありがとう。その気持ちだけで十分。それに、話には続きがあって。少し前から、新たに興味を持ち始めたことがあるの」

「どんなこと？」

清臣さんの質問に、私は口角を上げて生き生きと返す。

「呉服屋――。私、今からきちんと着物の勉強してみたい」

昔選ばなかった道を、紆余曲折《うよきょくせつ》を経た今、自らの意思で踏み出したい。遠回りをしたと言われるかもしれない。だけど、時間を無駄にしたとは一切思わないから堂々と前を向くんだ。

「今日、母と話をして心が決まったというか。七五三の時期に手伝ったときから、なんだか楽しくて」

きっかけは、言わずもがな清臣さんとの結婚だ。そしてそのあと、たまたま友人たちから子どもの七五三の相談が重なったのも理由のひとつ。慶事をそばで見守れる仕事もやり甲斐があるだろうし、笑顔になれる。

「今、呉服屋も外国人のお客様も多くなっているって聞いた。コミュニケーションはグランドスタッフの経験を活かせる」

物心がついたときから当たり前にあった呉服屋だったから、老舗の誇りとか継承とかちゃんと考えたことがなかった。今回、改めて両親の仕事を間近で感じて、失くしたくないと思ったのが決め手になった。

「それでいつか、自分の子に求められたときには、この色打掛や白無垢を選んでくれた父や母のように、似合う着物を見繕ってあげられたらいいな」

清臣さんがソファから立ち上がり、繋いでいた手をきゅっと握る。

「俺はどんなときも、そばで応援するよ」

私が笑顔を返した次の瞬間、その手をさらにグイッと引かれた。

「きゃっ」

清臣さんはバランスを崩した私の腰に腕を回し、顔を覗き込む。

「さあ。このあとはお待ちかねのふたりの時間だ」

いつ誰がノックして入室するかもわからないのに、急に自宅にいるかのような距離感で来るものだから、どぎまぎする。

「で、でも、まだ撮影が残ってるからね」

どうにか毅然《きぜん》と振る舞ったつもりだけど、心臓はドキドキいってる。

彼はそんな心を見抜いているのか、ニッと口の端を上げ、手の甲にキスをする。

「今日は結婚式だ。多少浮かれてたって許されるよ」

私は自分が赤面しているのがわかるくらい、顔が熱くなった。

「それに、撮影場所は俺たちの始まりの場所。きっと俺はカメラマンの存在も忘れて、感慨深い気持ちで紗綾だけを見ちゃうだろうな」

そのタイミングでノックの音が響き、私はパッと清臣さんから離れた。返事をすると、スタッフが顔を覗かせる。

「お待たせしました。撮影始めますのでご移動をお願いいたします」

私たちは、ふたり揃って撮影場所である展望デッキへ向かった。

撮影を進めていく最中《さなか》、私が思い出し笑いをして小声で言う。

「一年前のあの約束が、こうして無期限になるとは思わなかった」

すると、清臣さんは真正面から向き合い、真剣な面持ちで私の左手を取る。

「僕と生涯、幸せに過ごしましょう」

――『僕と期間限定婚をしましょう』

あの日のセリフに似せたものだと、すぐにわかった。

私はクスッと笑い、「はい」と答える。その直後、人前だというのに彼は堂々と私の腰を引き寄せた。

そして、航空機のジェットエンジンの音に紛れて「愛してる」とささやいた。

おわり

あとがき

このたびは、最後までお付き合いくださいまして、ありがとうございます。

記憶喪失モノを書いてみたいなあ、と考えて、結果的にちょっと捻った話になりました。

紗綾が記憶のないふりをしてからの、清臣との思考の『すれ違い』？　『必死さ』？の描写あたりは、書いていてとても楽しかったです。

それにしても紗綾側の『知ってるけれど知らないふり』は作者の私ですら混乱しました（笑）。どういう言動が清臣の前では自然なのか、わけがわからなくなり……。

こんな嘘を演じられる人は、頭の回転が速くないとできないなと実感しました。

頭の回転もさることながら、タイピングの速度も（集中力も）上がればいいなあ、なんて毎回思ってしまいます。（と言いつつマイペースで頑張ります）

また次回も、どこかでお会いできますように。

宇佐木

マーマレード文庫

離婚しようと記憶喪失のふりをしたら、怜悧な旦那様が激甘に愛してきます

2024年4月15日　第1刷発行　定価はカバーに表示してあります

著者　宇佐木　©USAGI 2024
発行人　鈴木幸辰
発行所　株式会社ハーパーコリンズ・ジャパン
東京都千代田区大手町1-5-1
電話　04-2951-2000（注文）
0570-008091（読者サービス係）
印刷・製本　中央精版印刷株式会社

ISBN-978-4-596-77594-8

m a r m a l a d e b u n k o